ROUSSE

ou

Les beaux habitants de l'univers

Denis Infante

ROUSSE
ou
Les beaux habitants de l'univers

roman

TRISTRAM

Correspondance et catalogue :
Tristram – BP 90110 – 32002 Auch cedex
tristram@tristram.fr
www.tristram.fr

Dans tous les livres actuels on donne à mon avis une trop grande place aux êtres mesquins et l'on néglige de nous faire percevoir le halètement des beaux habitants de l'univers.

Jean Giono, « Le chant du monde »
in *Solitude de la pitié*

La matière

Bois de Chet

Aucune pluie n'était plus tombée depuis de trop nombreuses lunes. Et dans Bois de Chet, comme partout alentour, vivants souffraient de grande soif. Mobiles autant qu'immobiles, ailes, pattes, nageoires, racines, radicelles, tous enduraient manque d'eau, manque de cet insaisissable et pourtant vital élément qui n'avait ni forme, ni voix, ni couleur, et si eau était vivante, nul jamais n'en avait surpris moindre preuve. Nul jamais n'avait échangé joie, bonheur, colère ou désir avec elle. C'était toujours à sens unique. C'était toujours reflet, image de soi-même qui apparaissait parfois, à sa surface. D'elle, personne ne savait rien. Certains pensaient qu'eau n'était que forme liquide de rochers et comme eux, n'avait ni vie, ni esprit. D'autres, inversement, affirmaient qu'elle était mère de toute chose, génitrice, matrice, première née.

Vieux débat n'avait jamais été tranché, aussi loin que remontaient mémoires dans incommensurable temps, aussi anciennes étaient-elles, riches d'une longue descendance. Mais tous sentaient fichée en eux, comme épine, griffe, dent, aiguillon, stylet, mandibule, même certitude. Sans eau, sans pluie, brume, rosée, neige, sources, rivières, étangs, marais, inaccessibles glaciers et très lointain, très fabuleux océan, très ancienne légende, vie de toutes créatures était impossible.

Et mort assurée.

Déjà certaines sources avaient tari et s'étaient tus leurs chants, gazouillis, murmures, des mares s'étaient asséchées, déjà herbes et plantes jaunissaient sous action conjuguée de sécheresse et chaleur, déjà des arbres perdaient feuilles, prenaient des allures de trop précoce automne. Certains peut-être ne s'en relèveraient pas. Et rien n'indiquait retour de pluies bienfaitrices. Ciel depuis des lunes était immense étendue bleue sans faille, sans nuage annonciateur, bleu pâle, blanchâtre, comme délavé, usé, flétri par violent brasier à nu d'aveuglant soleil. Et quand nuit venait, aussi chaude et sèche que jour, aucun voile d'humidité ne masquait millions d'étoiles là-haut, qui vibraient, étincelantes, comme poussière de lumière répandue à surface d'infini. Millions de minuscules soleils criblant noir de nuit. Parfois vent violent, tempétueux, se levait et alors air devenait encore plus sec, plus brûlant. Enflammait gorges, comme fumée d'incendie sans flamme.

Déjà il y avait des victimes. Peuples d'eau, batraciens, poissons, mollusques, pris au piège d'évaporation de leurs demeures, nouveau-nés pendus aux mamelles vides de leurs mères, vieillards incapables de trouver lieu où s'abreuver.

Déjà, il y avait eu des échauffourées autour des points d'eau et des morts. Ce qui ne s'était jamais produit jusqu'à ce jour, chacun respectant très ancienne loi qui faisait de ces lieux sanctuaires inviolés, et du moment d'étancher sa soif instant de trêve entre faibles et forts, proies et prédateurs.

Et voilà que règle très ancienne que l'on croyait immuable, avait elle-même failli.

Jours décroissaient au profit des nuits. Depuis des temps immémoriaux, à cette époque du grand cycle, pluies revenaient et journées devenaient plus fraîches et certaines nuits il fallait trouver abri, terrier, bauge, trou sous buisson pour se protéger des gelées, mais pas cette fois. Il n'y avait que soleil pour rester fidèle au grand cycle. Terre, elle, était comme engluée dans été sans fin. Brûlant, sec, éblouissant et mortel.

Certains parlaient de partir, quitter pour toujours Bois de Chet, très vieux arbres, vallons ombreux, collines rondes, combes et prairies qui les avaient vus grandir, qui avaient vu vieillir aïeuls et croître progéniture. Certains, non sans crainte et hésitation, envisageaient de prendre chemin inconnu d'exil, migrer vers cieux plus cléments, terre où il ferait bon vivre sous alternance de bleu et gris, de soleil et pluie. Mais où se trouvait cette terre d'espoir, jardin aux fruits succulents, aux senteurs enivrantes, aux sources claires ? Dans quelle direction ? Soleil levant, soleil couchant, ombre qui précède, ou ombre qui suit ? Personne n'avait réponse.

Nul ne savait. Certains avançaient telles théories fumeuses, tels pressentiments aussi solidement ancrés dans leur cœur que sans fondement. Telles légendes trop souvent racontées, par chacun ravaudées, par longueur du temps transformées.

Et ceux qui savaient vraiment ce qu'il y avait derrière collines, derrière horizon très lointain, peuple d'oiseaux migrateurs, ceux-là n'apportaient pas très bonnes nouvelles de leurs longs périples. Partout sévissait sécheresse, partout terre se craquelait, partout vivants souffraient dure soif, mobiles comme immobiles, peuple de sang ou peuple de sève. Et rares fois où eau du ciel tombait enfin sur quelque partie du monde, c'était avec telle violence, telle abondance que moindre ruisseau devenait torrent, moindre torrent devenait rivière, moindre rivière fleuve en crue, arrachant, entraînant, noyant tout sur son passage, arbres, plantes, argile et rochers et vivants, tandis que grondaient cieux, claquaient éclairs et s'abattait foudre.

Quelques-uns pourtant avaient osé, s'étaient décidés pour une des quatre directions, par choix ou guidés par pur hasard, et s'étaient mis en marche, droit devant.

Rousse était de ceux-là.

Rousse

Rousse était jeune renarde à robe flamboyante, dont beauté et finesse d'esprit attiraient de nombreux soupirants, mais Rousse tous refusait, utilisant griffes et dents, fuite ou combat si nécessaire, dissuadant d'insister mâles plus tenaces. Rousse était libre et solitaire et tenait à le rester. Ce qui ne l'empêchait pas de s'être fait durant sa courte existence quelques amis fidèles parmi ceux de son peuple ou autres vivants, avec qui elle aimait partager doutes, joies et tendresse.

Rousse courait bois, humait vent, dansait sous lune et étoiles, dormait sur tapis de mousse, chassait proies et buvait leur sang aussi rouge que sa toison, aussi revigorant que puissante joie. Parfois, Rousse se sentait si chargée d'énergie, si vibrante de vie, si forte et si libre qu'elle jappait à en perdre haleine comme enivrée de son propre fulgurant bonheur. Sorte de chant sauvage et pur, qui résonnait au plus profond de vivante forêt.

Pourtant, en cette fin d'été trop sec, trop brûlant, trop blanc, en cet été de poussière, soif et disette, Rousse était décidée à prendre route. Ce n'était pas dc gaîté de cœur. Ce n'était pas sans regretter amèrement séparation d'avec amis et Bois de Chet, bois bien aimé. Ce n'était pas sans grande appréhension. Personne de connaissance n'avait jamais entrepris tel voyage, rien dans ses souvenirs ne la préparait à telle expédition. Cependant Rousse était jeune renarde intrépide, vaillante, puissante et vive. Un peu extravagante, un peu folle et souvent outrecuidante disaient certains. Ceux-là mêmes qui la mettaient en garde contre dangers inconnus, contre décision aussi extrême, aussi irréfléchie, et lui prédisaient pires malheurs. Ce qui, loin de décourager Rousse, avivait au contraire désir d'inconnu, besoin de découvrir vaste monde, car ce qui se présentait à elle au début comme exil forcé, prenait peu à peu attrait âpre et sucré de fruits jamais goûtés, d'odeurs musquées jamais portées par vent, d'horizons jamais imaginés et de rêves vifs et chamarrés.

Rousse partit donc un matin à peine lueur de jour rosissait au levant, en direction de lointaines montagnes que l'on disait si hautes qu'elles touchaient ciel de leurs doigts de glace et de neige, si froides que soleil lui-même renonçait à réchauffer leurs os de pierre. Rousse partit, trot ferme et souple, sans se retourner. Rousse avait dit au revoir à ceux qu'elle laissait derrière elle, amis, familiers, pistes de chasse, couleurs, chants d'oiseaux, cieux et nuages, arbres et vallons. Rousse partit espérant trouver au bout de sa quête air plus frais, rivières aux eaux claires, gibier abondant et dodu et toutes choses qui l'aideraient à entretenir sa joie. Espérant trouver sur son chemin assez de lumière pour fortifier son cœur, assez de joyeuses rencontres pour alléger sa course.

Lisière

Premiers pas furent faciles. Rousse connaissait et reconnaissait lieux mille fois parcourus. C'était encore son territoire de chasse et jeux. Ici, elle avait sauté au-dessus de tronc couché par ancienne tempête, bond prodigieux, pendant lequel, court instant, elle s'était sentie oiseau. Là, elle avait dormi sur tapis de feuilles mortes accumulées sous épais fourré, agréable litière. Douce couche abritée d'indésirables. Au bord de cette mare presque entièrement asséchée à présent, elle avait pêché grasses grenouilles, aussi vertes et luisantes que feuilles à peine écloses. Sur cette crête, elle avait couru longtemps pour échapper à mâle importun, qui se montra incapable de soutenir son allure.

Rousse, tandis qu'elle progressait à travers arbres de Bois de Chet, s'éloignant des lieux connus d'elle depuis toujours, sentait que cette marche était bien différente de toutes autres marches qu'elle avait pu entreprendre au cours de sa jeune existence. Elle s'en défendait, voulait garder cœur léger, esprit joyeux, pourtant Rousse sentait monter en elle étrange mélancolie, sentiment fugace et douloureux de perte, comme si, sans qu'elle en sache cause véritable, tout retour allait lui être impossible. Comme si chaque trace qu'elle inscrivait sur terre si longtemps sienne, une fois effacée par jours et vent, plus rien n'allait rester d'elle dans sous-bois qu'elle aimait tant.

Mais Rousse était avant tout jeune renarde joyeuse et optimiste. Et secouant museau comme si elle voulait se débarrasser de quelque moucheron, elle alla, obstinée, forçant allure. Bientôt elle parvint aux abords de rivière qui marquait limite du Bois de Chet, limite des terres qu'elle connaissait. Celle-ci avait fait son lit dans une gorge profondément encaissée qui semblait entaillée à même roche dure par terrifiant coup de griffe de créature d'une taille inimaginable, et que pour cela on appelait depuis toujours Vallon du Tigre, bien que personne n'ait vu tigre, panthère, jaguar en cet endroit du monde depuis bien longtemps. Peu s'en souvenaient, aucun ne les avait connus.

Rousse dévala pente raide, bondissant de surplombs en saillies, de touffes d'herbe en pierriers, glapissant du pur bonheur de se sentir agile et souple, invulnérable, langue rose dardée entre mâchoires et regard affûté volant de point d'appui à moindre saillie. Parvenue au fond du vallon, Rousse déchanta très vite. S'étaient tus rythme saccadé des chutes et frémissements des flots, bruissement sans fin des eaux vives aux reflets de feuillages. Rivière de Chet ne coulait plus, Rivière de Chet avait tari, et rochers, qui dans souvenir de Rousse luisaient sous courant d'eau fraîche et claire, avaient aujourd'hui allure d'os blanchis d'ancien squelette. Bref instant, Rousse crut voir vertèbres disjointes de tigre fabuleux qui avait donné nom à vallon. Elle sentit peur et frissons hérisser sa propre échine tandis que ses oreilles pointues s'aplatissaient sur son crâne. Et puis, aussi vite qu'elle lui était apparue sinistre vision s'évanouit. Rousse dut se contenter d'eau verte et sentant fortement boue et vase croupissante et qui n'étancha que peu brûlante soif. Elle pensa se reposer un moment avant de reprendre route, mais chaleur étouffante, rivière asséchée et ombre ténue de sinistre vision planant encore dans air immobile l'en dissuadèrent.

Et franchissant lit de Rivière de Chet morte, grimpant tous muscles tendus par violent effort autre versant de Vallon du Tigre, jeune renarde franchit ainsi lisière des terres d'elle connues.

Sombre Forêt

Sombre Forêt avait mauvaise réputation et ce n'est pas sans inquiétude que Rousse s'engagea sous épaisses frondaisons. Plus jeunes arbres qui la peuplaient étaient beaucoup plus vieux que plus vieux arbres peuplant Bois de Chet et sous dense canopée, tout là-haut, peu de lumière parvenait jusqu'au sol, sinon parfois, éblouissantes et brèves cascades de clarté transperçant sombres feuillages pour s'éteindre aussitôt, tels éclairs dorés. Sombre pénombre verte et brune, tel prolongement d'une nuit perpétuelle, y régnait jour et nuit, sans étoiles à son ciel. Puissante odeur de champignons et feuilles en décomposition semblait épaissir air stagnant, et si ardeur du soleil y était atténuée par épaisseur des feuillages, lourde chaleur n'y était pas moins suffocante.

Bien que séparés chacun par ample ramure, énormes troncs formaient à courte distance barrière au regard et Rousse avançait au centre d'un cercle qui paraissait se déplacer en même temps qu'elle. Rousse restait vigilante, attentive, prudente en lieu inconnu. Elle s'arrêtait souvent, yeux aiguisés guettant infime mouvement dans immobilité, fines oreilles se dirigeant vers plus faibles craquements, minuscules frottements perçant silence. Sensible museau se dressait, narines frémissantes recherchaient moindres effluves, très légers fumets, noyés dans prégnante odeur d'humus. Et puis, n'ayant perçu aucune présence autre que celle oppressante des arbres, elle reprenait sa marche.

Rousse ne connaissait aucun habitant de Bois de Chet s'étant aventuré plus loin que Vallon du Tigre et encore moins sous ombre brune de Sombre Forêt. Et pourtant, nombreux étaient ceux qui l'auraient mise en garde contre entreprise aussi insensée. Étranges bruits couraient, effrayantes histoires, d'autant plus effrayantes que nul les racontant ne les avait vécues. Présences mystérieuses l'habitaient, d'autant plus mystérieuses que nul ne les avait vues, entendues, ou senties. Forces maléfiques s'y développaient, d'autant plus nocives que nul n'avait eu à en subir méfaits, imaginaires ou réels.

Créatures géantes, minuscules, venimeuses, volantes, rampantes, invisibles, gluantes, écailleuses, invincibles, à nulles pareilles, cruelles, malignes et dévorantes.

Rousse, dans sa marche prudente mais obstinée, ne percevait aucun signe tangible d'imaginaires dangers, pourtant, ce que personne ne lui avait dit, ce à quoi personne ne l'avait préparée, c'est que plus elle s'enfonçait au cœur de profonde forêt, plus forêt elle-même, voûte cachant ciel, milliers d'arbres, innombrables essences, enchevêtrements de branches, emmêlements de racines, paraissait animée d'une vie unique, sensible à sa présence, désapprouvant intrusion de renarde venue d'ailleurs.

Rousse ne connaissait pas étendue de Sombre Forêt, et à mesure que soif et faim en elle grandissaient, Rousse désespérait d'atteindre inconcevable orée. À un moment, elle pénétra dans rares rayons de soleil qui parvenaient à percer épaisse canopée. Elle s'assit au centre de ce puits de lumière, lovant sa queue sur pattes arrière, offrant fin museau à vivifiante lumière. Pupilles réduites à deux traits noirs dans ambre jaune des iris. Rousse se tint ainsi immobile, emplissant ses poumons de particules d'or du soleil, ne pensant plus à rien, laissant muscles endoloris se détendre, cœur ralentir battements désordonnés, tandis qu'imperceptible gémissement s'échappait de sa gueule entrouverte. C'était comme puissante énergie qui pénétrait son corps.

Lorsque aussi brusquement qu'elle était apparue, colonne de lumière s'éteignit, Rousse reprit sa marche, accablée par triste pénombre qui lui donnait impression de ne pas avoir de fin. Depuis si longtemps qu'elle trottait entre grands arbres, elle n'avait rencontré ni point d'eau, ni moindre gibier et une lassitude plus pesante que simple fatigue érodait sa volonté, sapait sa détermination. But de son voyage, lointaines montagnes s'effaçaient lentement de son esprit. Peu à peu grise lueur du crépuscule diminuait et, malgré sa bonne vision nocturne, par précaution Rousse chercha abri pour dangereuse nuit. Elle se coula sous tronc d'arbre déraciné, se roula en boule, frissonnant malgré elle, et sombra bientôt dans fragile sommeil agité.

Au plus noir de noire nuit, elle se réveilla brusquement, en alerte, ne sachant plus si hurlement entendu venait de rêve ou des profondeurs obscures environnantes. Brèves lueurs, phosphorescences livides, dansaient par instants devant ses yeux, apparaissant, disparaissant, voltigeant autour de Rousse, parfois si proches qu'elle aurait pu les toucher telles étranges et glauques lucioles. Lorsque Rousse entendit cette fois distinctement longue et lointaine clameur suivie de multiples échos, toutes légendes noires, tous contes terrifiants entendus au cours de sa vie lui revinrent en mémoire, mettant à mal son courage, et elle se rencogna encore plus profondément au fond de peu protectrice tanière improvisée et ne ferma plus œil de longue nuit.

Biscornus

Quand pâle lueur du jour dispersa enfin ombres et terreurs de profonde nuit, Rousse, après avoir senti position du soleil invisible sous épaisses frondaisons, reprit sa traversée vers lointaines, inimaginables montagnes. Elle chemina longtemps ventre vide et gorge en feu. Faim était gêne, soif supplice.

De loin en loin, parmi hautes futaies, apparaissait arbre difforme, comme tordu en tous sens par forces inconnues, insupportable douleur, branches maîtresses touchant terre, ou jaillissant dans toutes directions, s'entremêlant, se repoussant, se nouant, comme se livrant cruelle et trop longue guerre. Feuillage clairsemé par endroits, à d'autres au contraire monstrueusement touffu, vert traversé de lueurs jaunes, rouges, violettes, semblait malade. Certains déjà mourants, ou morts. Se dégageaient de ces créatures contrefaites désagréable impression, âcre malaise, danger insaisissable. Rousse préférait s'en tenir éloignée. Pourtant, peu à peu ils se firent plus nombreux, et bientôt il fut impossible de les éviter, bientôt il n'y eut plus qu'arbres difformes aussi loin que portait regard. Forêt difforme rendue folle par on ne savait quel poison, comme vrillée par une tourmente sans fin. Rousse, si elle s'en méfiait, les plaignait aussi, imaginant terrible souffrance de leurs corps torturés. Sol était jonché de branches mortes, pourrissantes, rongées d'énormes champignons blêmes à odeur de cadavre.

Et chose encore plus étonnante, Rousse se rendit compte soudain qu'elle n'avait plus entendu chants d'oiseaux, stridulations de petits sauteurs, menus bruits de rongeurs, depuis qu'elle marchait sous ces arbres difformes. Air lourd et sec était pareil à poussière dans gorge de Rousse.

Parmi toutes créatures mauvaises, stupides, horribles, maléfiques dont imagination des habitants de Bois de Chet avait peuplé Sombre Forêt au cours du temps, aucune ne ressemblait de près ou de loin à ces simulacres d'arbres, Biscornus comme les nommait Rousse. Et bien qu'ils soient immobiles, incapables de lui nuire si elle se tenait hors de portée, aucune créature légendaire n'avait si grand pouvoir d'engendrer peur et répulsion que Biscornus. Peut-être parce qu'aucune n'était aussi réelle et pareillement invraisemblable qu'arbres tordus, dont rien ne pouvait expliquer malformation.

Rousse sentait monter en elle tel découragement, tel désespoir de ne pouvoir échapper un jour à horrible Sombre Forêt, qu'elle avait envie de renoncer, de retourner sur ses pas. En même temps, elle admirait courage des Biscornus, volonté de vivre malgré tout, malgré corps torturés, déformés, abîmés, malgré douleur et peine, et considérant qu'elle avait formidable chance d'être en parfaite santé, de posséder quatre pattes en parfait état, Rousse se secoua, se débarrassant d'accès de faiblesse. Rousse était jeune renarde fière, orgueilleuse et qui détestait renoncer, aussi, pas après pas, temps succédant à temps, elle progressait toujours vers but distant d'elle ne savait combien de pas, de jours, de lunes.

Journée était très avancée, ombres bleuissaient déjà, annonçant morne nuit, quand elle les entendit à nouveau, voix détestables, appel à curée. Et cette fois ce n'était pas à travers songes brumeux de mauvais sommeil. Cette fois Rousse n'eut aucun mal à reconnaître réels hurlements encore lointains qui firent se hérisser son échine et s'affoler son cœur.

Meute

C'était meute de loups. Meute de loups lancée sur piste d'une proie.

Et Rousse n'en doutait pas, succulente proie c'était elle.

Alors, oubliant fatigue, faim et soif brûlante, bandant ses muscles et affermissant sa volonté, Rousse fonça à travers bois, trait de vive et rousse lumière dans ce monde gris. Biscornus défilaient, jour baissait et derrière elle, se rapprochant inexorablement, hurlements de meute. Elle courait, courait à s'en brûler poumons, à faire éclater son cœur, droit devant elle, contournant troncs biscornus, sautant par-dessus fondrières, trébuchant parfois sur racines affleurantes, mais toujours se relevant sans même ralentir sa course. Rousse savait qu'ils n'abandonneraient pas leur chasse tant qu'il leur resterait moindre parcelle d'énergie. Seule chance était de tenir plus longtemps qu'eux, poursuivre sa course au-delà de limite. Mais elle était déjà épuisée par faim et soif et son courage vacillait alors que loups gagnaient du terrain. Et toujours forêt agonisante, sol déjà mort et horizon fermé.

Et Rousse courait toujours, refusant d'écouter poumons en feu, membres douloureux, cœur emballé, incontrôlable. Elle les vit pour première fois, aperçut plutôt entre larges troncs. Formes grises, ombres, brumes du soir que par instants perçait éclat rouge sanglant d'yeux, éclair blanc de dents. Rousse connaissait leur méthode de chasse. Contourner proie, l'encercler peu à peu et surtout l'épuiser, la vider de toute force avant de lancer ultime assaut.

Ils étaient trop nombreux, trop habiles et disciplinés. Elle était trop faible, trop désarmée, et si seule, si perdue dans contrées inconnues. Rousse savait qu'elle ne pourrait pas lutter encore très longtemps, qu'ils allaient gagner, quels que soient efforts, jeunesse, folle volonté de vivre. Ils allaient gagner, non pas parce qu'elle allait perdre, mais parce que c'était dans implacable ordre du monde. Rousse était aussi chasseuse, Rousse avait coursé, tué et dévoré multitude de vivants depuis que s'étaient taries douces mamelles de mère renarde.

Et brusquement, Forêt Biscornue fut derrière elle. Soudain plaine nue s'ouvrit jusqu'à horizon, soleil couchant embrasant étendue du ciel. Nue et comme dévastée par feu ancien. Roche noircie, souches calcinées, terre morte qui se soulevait en minuscules nuages pulvérulents au long de sa course éreintante. Elle voyait bien à présent, loups. Ils s'étaient rapprochés sur ses flancs, meneurs l'avaient même dépassée. Ils avaient cessé hurlements devenus inutiles, réservant toute puissance à course finale.

Rousse força allure, tandis que chaque muscle, tendon, articulation lui renvoyait éclairs de douleur. Soudain, sa patte buta contre pierre grise invisible sur sol gris et Rousse roula dans poussière grise. Quand elle se releva, meurtrie et désorientée, ils avaient refermé cercle piège. Elle ne pouvait plus leur échapper. Alors Rousse se campa sur ses pattes, retroussa babines et s'apprêta à livrer dernier combat. S'avançant lentement vers elle en laissant échapper grondement assourdi de contentement, gueule dégouttant d'épaisse salive, comme savourant par avance jeune chair, Chef de meute, Grand Loup, quoique amaigri, pelage terne et couturé par vieilles cicatrices, omoplates semblant vouloir percer peau, n'allait faire qu'une bouchée de renarde prise au piège. Elle ne devait pas regarder ses yeux qui n'annonçaient que défaite, douleur et destruction. Rousse savait que premier assaut ne viendrait pas de lui, que ce serait de flancs ou arrières. Rousse, soudain, détesta ce savoir qui à cet instant précis ne lui servait à rien. Rousse sentit immense tristesse l'envahir pendant que se formait dans son esprit image grandiose, lumineuse, beauté à couper respiration de hautes, vertigineuses, splendides montagnes qu'elle ne verrait jamais, ni soleil brasillant sur fourrure de neige, ni clairs ruisseaux cascadant sur rochers moussus. Elle eut bref relâchement dans douloureuse tension qui la maintenait en vie et elle sut qu'elle était perdue.

Contre toute attente, ce fut Grand Loup qui lança première attaque. Il bondit sur elle. Rousse sentait déjà os de sa nuque craquer sous mâchoires broyeuses. Puissantes. Inexorables. Grand Loup hurla son cri de guerre, sorte de glapissement aigu, pareil à hurlement de douleur et sembla tout à coup s'envoler, tandis que jet sanglant de boyaux se déroulait de son ventre. Lorsqu'il retomba quelques pas plus loin, il ne put se relever. Mort vint et le saisit sans attendre.

S'éleva alors grondement si violent, si plein de rage et de furieuse victoire, que renarde et loups, unis dans même terreur paralysante, s'écrasèrent au sol. Ourse se dressa alors sur ses pattes arrière. C'était vivante immense, dangereusement mortelle. Sous brune toison muscles roulant, prolongeant énormes pattes, griffes dures comme pierre dont unique coup avait terrassé Grand Loup.

C'était ourse puissante. Ourse emplie de fureur, emplie de haine, et de désir de tuer. Débordant d'implacable désir de tuer. Elle se rua sur premier loup à sa portée et d'un coup de griffes, lui arracha mâchoire et museau. Lui arracha vie. Suivant, elle lui déchira gorge d'un coup de dents et le projeta très haut et rugissement qu'elle poussa était si puissamment jubilatoire qu'autres chasseurs, s'arrachant enfin à paralysante stupeur, couinant à présent de terreur, queue entre pattes, se débandèrent dans toutes directions.

Bientôt ils disparurent au loin, dans jour finissant.

Rousse, toujours collée au sol, oreilles plaquées sur nuque, n'osant poser regard sur ourse, frémissait pourtant de joie difficilement contenue. N'avait-elle pas survécu à terrible attaque de meute de loups ? N'avait-elle pas gagné mortelle bataille ? N'était-elle pas toujours vivante ?

Si elle n'avait pas été aussi impressionnée par violence d'ourse, par force invincible, Rousse aurait pu danser, comme elle aimait danser, sous rayons chatoyants du soleil, dans bonnes odeurs d'herbes et fleurs, dans Bois de Chet, lointains après-midi.

Ourse s'approcha de renarde qui aurait à cet instant voulu, tel lapin, lièvre, plus minuscule fourmi, disparaître sous terre. Elle renifla à plusieurs reprises effluve d'inconnue, poussant à chaque fois sourds grondements, comme si cette présence était très irritante, telles mouches bourdonnantes autour de babines, et en même temps suffisamment conforme à ce à quoi elle s'était attendue pour s'en satisfaire.

Et, sans plus de cérémonie, ourse s'assit sur son gros derrière.

Brune

C'était Brune, ourse dans force d'âge. Loups avaient dévoré ses oursons quelques jours plus tôt, alors qu'elle les avait laissés sous une roche afin de chercher suffisante nourriture. Elle n'avait retrouvé d'eux que quelques gouttes de sang et quelques touffes de leur si douce fourrure. Elle avait relevé fumet de meute et depuis l'avait prise en chasse, depuis elle attendait moment où elle pourrait enfin se venger et venger mort d'adorables oursons. Mais ils étaient insaisissables, se déplaçant sans cesse au cœur de dense forêt si bien que Brune désespérait de les rattraper, lorsque renarde lui avait offert opportunité en devenant leur proie. Elle avait pu suivre facilement jappements et hurlements de horde qui toute à excitation de chasse, toute à joie d'avoir refermé mâchoire du piège, n'avait pas senti approcher terrible danger. Sans savoir, Rousse avait risqué sa vie pour Brune, c'était plus que suffisant pour faire naître profond sentiment entre ourse et renarde. Sentiment que venait conforter étendue désolée les environnant de toutes parts.

À quelque distance de là, Forêt Biscornue s'était fondue dans obscurité.

Nouvelles amies, toutes deux affamées et assoiffées, toutes deux forçant leur répugnance, car c'était viande maudite qu'aucun vivant n'avalait de bon cœur, se repurent des cadavres loups. Elles dévorèrent chair et viscères et burent sang chaud autant que pouvait en contenir leurs ventres, car nul ne savait ce que demain apporterait. Nuit venue, elles se roulèrent en boule échine contre échine dans légère dépression du terrain, savourant chaleur partagée, présence consolatrice, sentiment de sécurité (aucun vivant n'oserait les attaquer, cadavres loups feraient réfléchir plus féroces carnassiers), et pour Rousse, espoir de poursuivre sa quête en bonne compagnie. Brune n'avait ni accepté ni refusé de la suivre. Ourse, depuis disparition d'oursons bien aimés, n'avait plus goût à aventure. Pourtant, c'était Brune qui avait choisi vie nomade. Elle avait grandi dans clan ours, par-delà collines et vallées, à nombreuses lunes de marche du côté soleil levant, dans vastes et lumineuses forêts que l'on nommait Feuilles Rouges, car automne venant, feuillages des arbres se teintaient de rouge, pourpre, feu, incarnat, et gardaient si belles couleurs jusqu'à naissance de nouvelles feuilles au retour du printemps. C'est là qu'elle avait élevé ses premiers oursons et lorsqu'ils avaient été en âge de vivre leur propre vie, elle avait senti croître en elle irrépressible désir de découvrir vaste monde, de voir ce qui se cachait derrière horizon familier et était partie. Jamais elle n'avait regretté son choix, même à présent. Car si son âme était mortellement blessée par mort de ses oursons, elle savait que dans forêt natale aussi, lutte pour survivre pouvait être âpre comme fruit trop vert, violente comme orage éclatant dans ciel azur. Vengeance amère comme fiel, stérilc commc picrrc.

Une fois au cours de nuit, Rousse entendit gémir sa compagne, plainte sourde, à peine audible, qu'elle ne perçut que parce qu'elles dormaient échine contre échine. Et sur plaine nue et inconnue, plaine morte où flottait une persistante odeur impossible à identifier, au cœur de profonde et noire nuit aussi immobile, silencieuse et dure que lumière des étoiles là-haut, Rousse ressentit jusque dans ses moindres fibres combien immense était douleur de perdre être cher, combien plus forte, combien plus totale et destructrice que celle, finalement presque douce, presque aimable, d'exil volontaire. Elle eut cœur gros pour vivante qui gémissait à ses côtés, Brune de Feuilles Rouges.

Rousse se demanda si c'était vraiment sécheresse et disette qui l'avaient poussée à entreprendre ce voyage qui devait la conduire jusqu'aux invisibles montagnes, jusqu'à improbable pays d'abondance qui n'existait peut-être que dans son imagination. Elle se demanda si ce n'était pas plutôt, comme pour Brune, irrépressible envie de découvrir vaste monde, voir ce qui se cachait derrière horizon familier, qui avait guidé ses pas hors du Bois de Chet.

Pour bien, comme pour mal.

Matière étrange

Au matin, alors que Rousse s'apprêtait à reprendre sa marche, cœur lourd de quitter Brune, celle-ci décida de l'accompagner. Si elle parcourait vaste monde depuis toutes ces années, c'était aussi pour suivre chemins que rencontres de hasard lui proposaient, comme se lancer sur chemin de lointaines montagnes en compagnie d'une renarde encore inconnue hier. Il y avait bien longtemps qu'elle n'avait plus ressenti douceur soyeuse de lisse neige sur sa fourrure, odeur fine et bleue du froid pénétrant ses naseaux, bien longtemps qu'elle n'avait pas pataugé dans eaux glacées de torrents de montagne à guetter vif et délicieux poisson. Et puis, elle n'était pas ourse à sauver vie de jeune renarde inexpérimentée pour la laisser ensuite traverser seule étendue inhospitalière, immense plaine comme calcinée et sans limite, et où dangers étaient probablement plus faciles à rencontrer qu'eau et nourriture ainsi qu'aimable compagnie.

Alors, tandis que rouge soleil levant allongeait leurs ombres devant elles, Rousse se retourna pour contempler une dernière fois Forêt Biscornue. Son regard se porta au-delà vers Sombre Forêt dont verts houppiers se fondaient dans distance, pâles langues de brume du matin, et Rousse se demanda si elle reverrait un jour Bois de Chet qui l'avait vue naître.

Ourse et renarde se mirent en marche.

Bientôt ligne verte des forêts s'estompa derrière elles, puis disparut et il n'y eut plus de repère pour guider leurs pas, sinon brasier du soleil traversant courbe du ciel.

Sous fine pellicule de poussière grise, il n'y avait que terre nue, sèche, sans vie, s'effritant à chaque pas, alternant avec affleurements rocheux par endroits noir charbon, à d'autres blancs comme os, à d'autres encore, traversés de stries d'un rouge aussi pâle que sang ancien, délavé par pluies et vents. Par endroits, terre était comme changée en glace, mais étrange glace verdâtre et chaude. Soleil frappait si fort terre morte qu'opiniâtres marcheuses sentaient chaleur du sol à travers coussinets de leurs pattes. Et toujours très ténue odeur indéfinissable, mauvaise, irritante, âcre et sucrée à la fois. Jamais sentie.

Plaine calcinée ne semblait pas avoir de fin. Elles marchèrent toute longue journée sans trouver ni boire ni manger. Espérant à chaque pas voir apparaître au bord de gris et triste horizon, pointe de couleur, ligne verte ou rousse rompant plate monotonie, indiquant limite tant espérée du désert.

En fin de journée, vent se leva brusquement, vent fort, fait de bourrasques et imprévisibles changements de direction, soulevant poussière, qui cinglait chair, irritait yeux, obstruait naseaux et gorge. Soleil disparaissant sous épais nuage de poussière cendreuse n'était plus que halo diffus vers couchant.

Nouvelles amies allaient se résigner à passer très mauvaise nuit sans rien pour les abriter de rudesse du vent, sans rien entre leur existence et noire nuit, quand Rousse aperçut – ce n'était qu'une ombre un peu plus dense dans ombres du crépuscule – peut-être rocher, pli du terrain, tronc d'arbre depuis longtemps tombé, en tout cas brise-vent bienvenu dans cette étendue sans relief. Espoir d'abri confortable où passer nuit de repos.

C'était creux. Assez large et long pour abriter plusieurs Brune et plusieurs Rousse côte à côte. Une extrémité semblait enfoncée dans sol calciné. Cela ressemblait à tronc d'arbre évidé, mais ce n'était pas tronc d'arbre, cela ressemblait à grotte de pierre mais ce n'était pas grotte. C'était matière étrange, mince comme écorce, solide comme roche, que ni Rousse ni Brune n'avaient jamais vue, ou goûtée, ou sentie. C'était, comme tout sur plaine morte, terne gris de cendre, que griffes ne pouvaient entamer, laissant juste fines lignes sur pellicule de poussière. Brune et Rousse pénétrèrent par une ouverture dans paroi en prenant garde de ne pas se blesser aux bords tranchants, dans ce qui n'était ni tronc d'arbre creux, ni grotte de pierre. Elles ne sentirent aucune odeur inquiétante, derniers vivants à avoir séjourné là étaient famille musaraignes. Il y avait bien signe olfactif d'autre présence, mais si vieille, si ténue qu'elles ne purent l'identifier.

Sol s'inclinait du côté enterré. Au-dehors, vent sifflait et hurlait et dans refuge sa voix résonnait entre minces parois. À intervalles réguliers, des trous ronds perçaient étrange matière, faits de matière encore plus étrange, transparente comme glace, mais chaude et sèche et qui n'était pas glace, empêchait vent et poussière irritante de s'infiltrer.

Elles s'installèrent du mieux qu'elles purent afin de reposer leurs corps fatigués. Paroi incurvée avait allure de tanière et elles auraient dû s'endormir confortablement lovées dans leur propre chaleur, mais sommeil ne venait pas. Ce lieu était trop inhabituel, forme parfaitement régulière, matière inconnue qui le constituait, même étrange façon dont hurlements du vent leur parvenaient, déformés, éveillaient en elles vague inquiétude, sensation indéfinissable qui, sans être message d'alarme, mettait tous sens en éveil.

Soudain, blanche et vive fulgurance d'éclair, puis encore, et encore, puis multitude se succédant embrasèrent gîte de fortune, suivies de près par grondant tonnerre roulant bord à bord du ciel. Enfin trombes d'eau s'abattirent, ajoutant au fracas d'orage et vent qui tournait à tempête. Très vite, mince ruisselet s'écoula d'une déchirure dans étrange paroi et elles purent étancher leur soif qui était grande. Imaginant sans peine ce qu'aurait été nuit au milieu de cette tourmente, compagnes, oubliant leur appréhension première, trouvèrent bientôt tout confort et sécurité souhaitables à tanière insolite. Aussi, bercées par roulement d'orage et crépitement de pluie au-dessus de leurs têtes, elles s'endormirent enfin dans ce qui n'était constitué ni de bois, ni de pierre, mais de matière étrange.

Grand Fleuve

Lumineux soleil était depuis peu levé lorsque Rousse et Brune reprirent leur marche. Ciel était à nouveau bleu, limpide, sans nuage, et de toute eau qui s'était abattue ne restaient que de rares flaques dans quelques creux qui s'évaporèrent vite tandis que chaleur du jour augmentait. Bientôt abri d'une nuit ne fut plus que point au loin avant de disparaître dans vibrations de chaleur. Rousse ressentait encore sous ses griffes étrange matière inentamable, dure, lisse et si mince pourtant, et elle regrettait de ne pas avoir pu percer mystère de forme aux courbes trop parfaites, de forme à nulle autre pareille.

Elle avait traversé Sombre Forêt et Biscornus, échappé à dents et griffes, rencontré Brune et dans plaine calcinée découvert étrange matière, aussi Rousse, tout en trottinant au côté de Brune, songeait que du monde elle ne savait que très peu en dehors de Bois de Chet et qu'il lui semblait soudain beaucoup plus vaste que ce qu'elle avait imaginé jusque-là. Il lui paraissait que peut-être cette terre n'avait pas de limite, que peut-être toute une vie de marche ne suffirait pas à atteindre montagnes désirées, et encore moins à se rapprocher de lointain horizon.

Brune grogna à son côté, façon pour elle de rompre marche monotone, de dire qu'il était bon de voyager ensemble, et Rousse se pourlécha sèches babines, car aussi immense était ce monde, invisibles blanches montagnes, inatteignable son but, dangereux inconnu, elle avait rencontré Brune, et de cette rencontre imprévue son cœur s'était agrandi.

Encore nuit, encore jour, nuit, jour et voilà qu'en fin de jour, alors qu'elles n'avaient bu que trop peu une eau noire de suie croupissant au creux de rochers et n'avaient rien, ni mobile ni immobile, pour remplir ventres vides, car il semblait que rien de vivant ne croissait sur étendue calcinée, elles virent au loin, se dressant seul sur ligne plate d'horizon, arbre solitaire. Brume verte de son feuillage, élan vers ciel de sa ramure. Arbre, même unique, c'était promesse de vie vers laquelle Rousse et Brune, malgré grande fatigue, se précipitèrent avec entrain.

Ce n'était pas arbre très vaillant, sa charpente avait subi de nombreuses fractures au cours des âges, houppier clairsemé et écorce ridée, crevassée, révélaient vie longue et rude.

Pourtant, il ne portait en lui aucun signe biscornu, ce dont se rassura Rousse qui en gardait si mauvais souvenir. C'était simplement vieux vivant, genévrier chenu, dont lointain jour une graine portée par vent avait échoué au bord de plaine morte, avait germé parce que c'était temps de germination et poussé racines frêles dans terre ingrate, et qui depuis avait appris à se satisfaire de peu. Car telle était manière d'arbres, savoir se contenter de ce que terre nourricière pouvait offrir.

Brune mit très peu de temps à sentir présence inespérée de ruche cachée dans anfractuosité du tronc, à en prélever son compte de rayon de miel dégoulinant, aussi foncé que sa fourrure, aux odeurs enivrantes d'innombrables fleurs, résine de pin et thym chauffés par soleil d'été. Et lorsqu'elles savourèrent miel ambré à grands coups de langue et dents, c'était comme flamme dorée dansant dans ventre vide et ranimant forces déclinantes, pareil à sang rouge jaillissant dans cœurs et membres las.

Nuit venant, elles trouvèrent entre racines amas de feuilles mortes de nombreux hivers, qui leur fournit douillette tanière.

Plus elles s'éloignaient de plaine morte, plus signes de vie revenaient. Bientôt elles marchaient à travers une prairie arborée et, si sécheresse y sévissait aussi, après nombreux jours et jours de marche dans gris lugubre, moindre parcelle d'herbe jaunie, moindre arbuste malingre, fruit peu juteux, rongeur chétif, peu vaillant ruisseau, leur paraissaient offrande généreuse de Mère terre. Rousse reprenait courage et confiance. Il lui semblait être de retour dans lieu du monde qu'elle connaissait, qu'elle pouvait comprendre, dans lequel elle avait appris à survivre, après avoir vécu quelques jours dans incompréhensible plaine calcinée à mauvaise odeur indéfinissable, inconnue, et dans laquelle aucune leçon de survie n'était applicable.

Et il apparut, alors que journée était en son milieu.

Majestueux, lumineux, resplendissant sous bleu céleste, rapide, si large que rive opposée était à peine discernable, pareille à une bande de brume à demi effacée. Musculature si puissante que même Brune resta bouche bée devant lui, devant Grand Fleuve, quant à Rousse qui avait vécu dans vallée seulement traversée de quelques ruisseaux serpentant entre arbres et rochers, jamais elle n'aurait pu imaginer fleuve si grand, si large et si vigoureux. Très aimables compagnonnes s'assirent sur rocher surplombant haute rive. Abasourdies, ivres d'immense masse d'eau à leur portée après tous ces jours de grande soif. Elles observaient courants violents qui bossclaient surface de Grand Fleuve comme muscles noueux, tourbillons nerveux qui se creusaient par endroits, bordés de friselis d'écume. Rousse ne pouvait en détacher son regard.

Elles se baignèrent dans eaux vives et fraîches, à odeur minérale, afin de se laver de toute poussière accumulée dans leur fourrure. Et, tandis que fort courant entraînait salissure et poussière, elles avaient sensation que Grand Fleuve extirpait aussi fatigue de leur corps et accablement de leur esprit.

Renarde avait rejoint berge boueuse depuis longtemps et savourait son bien-être à douce ombre de frêne, museau posé sur ses pattes avant, yeux mi-clos, humant exhalaisons limoneuses, vertes et poivrées, qui émanaient de plantes et terre gorgées d'eau, que Brune batifolait encore dans fleuve scintillant, plongeant, nageant, cabriolant, éclaboussant sans retenue, grognant et grondant de plaisir.

Et pêchant aussi, avec adresse et grand bonheur, perches, brochets et sinueuses anguilles.

Allongées sous frêne ombreux, ventres pleins et rebondis alors que lueurs du couchant embrasaient horizon et teignaient de pourpre Grand Fleuve, alors que grenouilles et crapauds coassaient chants d'amour à pleine gorge, sauterelles et grillons stridulaient chants d'amour, oiseaux au ciel gazouillaient chants d'amour, Brune sommeillait et Rousse songeait que Grand Fleuve barrait unique route de lointaines montagnes, et que si elle voulait atteindre son but, il faudrait traverser. Il faudrait, elle ne savait comment, rejoindre autre rive.

Elle en était là de ses réflexions lorsque énorme corbeau voleta du sommet de frêne ombreux jusqu'à branche basse juste au-dessus de leurs têtes, prudemment hors de portée de griffes acérées d'ourse, cependant. « Croâ ! Croâ ! » croassa-t-il péremptoire, les obligeant à entendre langage corbeau.

C'était Noirciel.

Noirciel

Noirciel vivait sur rive de Grand Fleuve depuis toujours. Il connaissait sa brutale puissance, en avait mesuré mortels dangers, courants violents, tourbillons vous aspirant vers sombres profondeurs, embûches traîtreusement dissimulées à fleur d'eau. Et mieux que personne, créatures qui le peuplaient. Savoureux et nourrissants poissons certes, mais autres vivants aussi. Plus gros que plus gros poissons. Plus rapides que plus rapides, plus affamés que plus affamés. Ils pouvaient nager et aussi marcher, vivre dans eau et aussi sur terre. Eux, ni ourse ni renarde ne pouvaient les imaginer, n'ayant jusqu'à ce jour jamais approché Grand Fleuve.

Parfois, sortant des eaux au cœur d'épaisse nuit, moitié rampant moitié marchant, silencieux, rapides, rusés, ils semaient terreur et mort parmi habitants des berges. Petits et grands, faibles et puissants, proies et prédateurs, nul n'était en sécurité, nul n'avait jamais réchappé à leurs mâchoires. Il y avait d'autres vivants aussi mortels dans profondeurs obscures du fleuve, ils possédaient longs bras flexibles pareils à ondulants serpents avec lesquels ils saisissaient leurs proies, les étouffaient, les entraînaient dans leur antre au plus profond des eaux, avant de les dépecer de leur bec tranchant.

Brune se dressa soudain sur ses pattes arrière. Brune n'avait pas peur, sa force et son courage viendraient à bout de tous dangers, de tous chasseurs. Brune se frappa large poitrine en grondant. Brune était puissante et ne reculait devant aucun vivant, connu ou inconnu. Brune avait éventré Chef de meute, Grand Loup, d'un seul coup de griffes. Brune avait mis en fuite horde tueuse d'oursons. Brune jamais ne serait proie.

Noirciel déploya largement ses grandes ailes noires. Tel nuage d'orage, telle nuit tombant soudain, elles occultèrent un instant lumière du soleil. Il lança croassements impérieux.

Noirciel était Maître, Noirciel savait.

Noirciel avait vécu de nombreuses vies d'ourse et de renarde, si nombreuses qu'elles ne pourraient les dénombrer. Noirciel connaissait fleuve et rives, eau et ciel. Noirciel connaissait force des uns, faiblesse des autres. Noirciel savait qui serait vainqueur, qui serait perdant. Ourse était forte et brave, ourse pourrait survivre aux chasseurs du fleuve, mais ni ourse ni renarde ne pourraient atteindre sans funeste dommage son autre rive. Trop large son lit, trop profondes ses eaux, trop froides et tumultueuses. Bien trop vigoureux son courant. Aussi puissant que tempête déracinant et abattant arbre dans force d'âge, arbre aux profondes racines, à solide ramure. Aussi puissant que troupeau de buffles en furie traversant vaste plaine et piétinant tout sur leur passage. Même par airs, il était périlleux de traverser lit de Grand Fleuve, vents tourbillonnants, bourrasques brutales, courants imprévisibles pouvaient déséquilibrer et faire chuter même plus aguerris du peuple des airs.

Noirciel était Maître, Noirciel savait. Rousse sentait cette vérité au plus profond de son esprit. Noirciel était Maître et livrait conseils indiscutables et justes, Noirciel savait, ne mentait jamais ni jamais n'exagérait. Traverser largeur de fleuve serait, à coup sûr, fin de Brune et Rousse. Rousse ne voulait pas que Brune risque sa vie à cause de quête irréfléchie de jeune renarde qui, elle s'en rendait compte maintenant, n'avait jamais imaginé monde aussi dangereux.

Y avait-il en amont ou en aval, moyen de traverser Grand Fleuve, gué, rétrécissement de son lit, barrière rocheuse en travers de fort courant que l'on pourrait franchir en quelques bonds agiles ?

En amont, à quelques jours de vol, Terres Mortes s'étendaient jusqu'aux berges de Grand Fleuve, blanches et sèches comme os, arides et désolées. Aucune trace de vie, aucune nourriture. Noirciel avait remonté Grand Fleuve pendant plusieurs lunes sans remarquer moindre passage. Au-delà, il n'y était jamais allé. Noirciel était Maître, Noirciel savait, Terres Mortes n'offraient que faim et soif et vives brûlures sans feu, brûlures inexplicables, en quelques jours. Mauvais chemin.

En aval, croissaient et prospéraient prairies, forêts, savanes, marécages, rivières descendant collines, aisées à traverser en ces temps de sécheresse. Il y avait foisonnement de vie, il y avait nourriture en abondance. Noirciel conseillait ce chemin. Cependant, Grand Fleuve était toujours aussi large, aussi infranchissable, même pour ourse robuste et vaillante. Pour ourse tueuse de Grand Loup, victorieuse de meute.

Rousse était partie chercher lieu où nourriture serait abondante et telles étaient rives de Grand Fleuve, Rousse était partie en quête de légendaires montagnes, mais cette route semblait impraticable, obstacle invincible.

Devait-elle renoncer ? Devait-elle continuer et descendre Grand Fleuve en quête d'improbable passage ?

Rousse ne savait quelle décision prendre.

Fleurs argentées

Brune, quant à elle, désirait rester sur rive de Grand Fleuve. Ce territoire lui convenait. Fruits rouges, miel jaune, racines blanches, poissons argent, vertes grenouilles. Eaux limpides de ruisseaux et rivières. N'était-ce pas précisément ce vers quoi Rousse s'était mise en chemin ?

Rousse acquiesçait, tête baissée pour ne pas croiser regard ami.

Rousse venait souvent sur rocher dominant large lit de Grand Fleuve. Elle s'asseyait là, sur pierre tiède et lisse, sa queue touffue enroulée autour des pattes. Elle contemplait Grand Fleuve, son flot puissant entraînant parfois arbres entiers arrachés aux berges par quelque crue subite loin en amont, au-delà de Terres Mortes, eaux reflétant azur du ciel, troupeaux de nuages, nuit et chatoyantes étoiles, mais toujours insondables, toujours troublées par forts courants se nouant et se dénouant sans cesse, par tourbillons, par limon. Parfois, elle apercevait ces vivants que Noirciel ne savait nommer ou ne voulait pas nommer. Ceux avec grandes mâchoires, ceux avec longues pattes serpentines. Visions fugitives, furtives, entre deux eaux, dans bouillonnement de remous, sombres dans reflet du soleil embrasant surface du fleuve, suffisantes pourtant à inspirer vigilance et crainte.

Mais toujours regard de renarde semblait attiré par lointaine rive opposée, inatteignable, désirée, dont seul étroit liseré vert et brun de végétation était perceptible. Rien de distinct, même pour regard perçant de renarde. Elle respirait à pleins poumons air humide, elle cherchait dans multitude d'odeurs celle qui surprendrait, inconnue, nouvelle, celle de terres jamais parcourues. Rien de perceptible n'en venait encore, rien d'identifiable, même pour subtil odorat de renarde.

Esprit aventureux, jeune énergie, muscles nerveux, cœur ardent n'étaient pas satisfaits.

Si voyage devait s'arrêter si loin du but, alors pourquoi ne pas retourner sur ses pas, retrouver Bois de Chet et vie d'avant ? Là-bas, après Terres Brûlées, Biscornus, Sombre Forêt, il y avait tout un monde auquel elle songeait parfois, de plus en plus souvent depuis que son voyage s'était interrompu. Rousse s'étonnait de regretter ce qu'elle avait quitté cœur léger, esprit libre, elle s'étonnait de ce sentiment qu'elle n'avait jamais ressenti jusqu'à ce jour et qui était nostalgie, exil, regret des jours d'avant.

Rousse, certaines nuits, hurlait sous lumière de lune chant de tristesse et de peine. Certains soirs où Rousse s'attardait trop, perdue dans brumeuses pensées, Brune devait lui rappeler combien étaient dangereuses créatures peuplant eaux de Grand Fleuve. Combien mortelles.

Pourtant, ici sur berges de Grand Fleuve, passage des jours était doux, chasse fructueuse, amitié joyeuse. Mais était-ce cela aventure ? Était-ce cela découvrir vaste monde ? Recommencer même vie à quelques jours de marche d'ancienne vie ? Déjà, quelques renards s'étaient présentés, lui promettant bonheur et protection, nourriture et affection si elle se laissait dompter. Rousse avait dû montrer crocs et dents et pousser forts aboiements afin de se débarrasser des plus entreprenants prétendants. Une fois, alors que grand mâle voulait imposer sa loi, Brune était intervenue, furieuse, dressée de toute sa hauteur, grondant et tonnant. Alors, abandonnant sa superbe, renard avait fui au plus profond des bois pour ne plus revenir. Ainsi, amitié entre renarde et ourse étant connue en amont et aval de Grand Fleuve, Rousse ne fut plus importunée. Ou à respectueuse distance.

Rousse soupirait. Rousse fixait rive opposée, Rousse ne dansait plus en piaffant joie et force de vie.

Noirciel qui sentait profond désarroi, doute, tristesse, lui avait conseillé d'attendre au moins nouvelle lune avant de prendre décision.

Nombreux jours passaient. Jours raccourcissaient. Jours se faisaient moins chauds. Pourtant, même ici en fin d'été, sécheresse était sensible. Depuis violent orage qu'elles avaient subi dans abri étrange, pas une goutte d'eau n'était tombée du ciel. Influence bénéfique du fleuve ne s'étendait que sur étroite bande de terre riveraine, telle mince couleuvre.

Au-delà, c'était herbe roussie, arbres racornis, terres sèches que moindre souffle de vent soulevait en poussière aveuglante. Ce pays d'abondance n'était qu'une fine bande verte et giboyeuse collée contre Grand fleuve, source de vie, comme nouveau-né à mamelle de mère nourricière. Une bordure fragile, attirante pour tous ceux qui souffraient de durable sécheresse.

Aussi, vivants de toutes espèces venaient de toutes parts s'y réfugier et conflits devenaient fréquents.

Un matin, sur entière surface de Grand Fleuve, flottaient innombrables cadavres de poissons. C'était comme champ de fleurs argentées, que courants de bord drossaient en grand nombre sur large rive. Bientôt, habituelle chaleur faisant son œuvre, odeur de putréfaction et de mort s'éleva alentour. Bientôt, nuages de mouches vrombissantes s'abattirent sur nauséabond charnier. Ombre noire, mouvante, bruyante et qui se ruait sur tout vivant s'approchant de leur territoire. Mordant, s'attaquant aux babines et aux yeux. Devant leur nombre, il fallait reculer.

Quelle que fût origine d'hécatombe, seul peuple poisson en était victime. Créatures qui n'avaient pas de nom, elles, n'en paraissaient pas affectées. Mais, proies des eaux venant à manquer, nuits suivantes raids terrestres se firent plus nombreux. On vit même longues pattes serpentines traîner grand corps mou hors du fleuve cherchant chair fraîche à dévorer. Sous lueur des étoiles leurs yeux immenses s'illuminaient de phosphorescences vertes.

Noirciel vola de proche en proche en criant, de rude voix corbeau, qu'il ne fallait pas boire eau du fleuve, et ceux qui passèrent outre cet interdit moururent dans d'affreuses douleurs.

Noirciel était Maître. Noirciel savait.

Quelques jours après, eaux se chargèrent de limon, branches, arbres déracinés, gonflèrent, et débordèrent de leur lit, noyant berges de Grand Fleuve. Crue passée, il ne restait plus trace de morts du fleuve, plus trace de fleurs argentées et bientôt boueux courant s'éclaircit et eaux redevinrent limpides. Vie reprit son cours, vie belle et fragile, brève et sans fin, et fleurs d'argent, qui bref instant avaient fleuri, puis fané, comme toutes fleurs, et plantes, et arbres, et vivants peuplant surface du monde, de toutes tailles, couleurs, voix, habitats, mangeurs de viande ou mangeur d'herbe, chasseurs ou proies, furent oubliées.

Pourtant, Rousse voulait comprendre, Rousse interrogea vieux corbeau. Rousse voulait savoir. Noirciel battit des ailes, s'envola, revint, poussa nombreux croaillements de mécontentement, cependant que Rousse, insolente et entêtée, poursuivait vieux corbeau d'interrogations incessantes. Noirciel, qui avait pour jeune renarde affection profonde qui l'étonnait lui-même, finit par obtempérer, non sans lui reprocher impertinence et manque de considération pour vieilles plumes de vieux corbeau. Peu de respect qu'elle montrait pour très grand âge.

Faraille

Noirciel avait vécu grand nombre de saisons. Noirciel était vieux, même pour vie corbeau. Il avait vu glands prendre racine et devenir chênes puissants aux majestueux branchages, aux innombrables descendants. Noirciel était de famille corbeaux qui de génération en génération se transmettaient mémoire du monde. Histoires, récits, légendes. Espoirs et terreurs. Mémoire qui remontait bien plus loin que ne pouvait concevoir jeune et frivole renarde.

Si Grand Fleuve avait de tout temps parcouru plaines herbeuses, denses forêts, il n'avait pas toujours apporté vie et fertilité. Très longtemps en arrière, si loin que même mémoire corbeau se perdait dans brumes du temps, Grand Fleuve était un des noms de mort.

Ses eaux alors, dit-on, étaient rouges, non pas rouge écarlate comme fruit gorgé de sucre, mais rouge pourpre, pareil au sang malade de profonde blessure. Vénéneuses et opaques et brûlantes, plus brûlantes que soleil au plus fort du jour étaient eaux d'alors. Parfois, de fuligineuses vapeurs s'en échappaient et, portées par brise et vent, rongeaient toutes chairs, même à peine effleurées. Désertes étaient ses berges alors, bien plus désertes et néfastes à toute vie que Terres Brûlées. Parfois, poussés par fort courant, venant d'on ne sait où, s'échouaient mystérieux éléments qui n'appartenaient pas au règne des vivants. De formes jamais vues qui n'eurent jamais de nom et de matière étrange dure comme pierre, comme en avait rencontré Rousse et Brune, et dont vrai nom était faraille. Certains, portant marque d'incendie, descendaient courant de Grand Fleuve aussi hauts que collines, roulant et tanguant bord sur bord avant de disparaître au lointain.

Et puis, peu à peu, peu à peu mais que Rousse ne s'imagine pas compter années, saisons, lunes, eaux de Grand Fleuve perdirent leur couleur sanglante, peu à peu s'atténua leur nocivité, peu à peu elles s'éclaircirent et se refroidirent. Peu à peu vie s'installa sur rives de Grand Fleuve, puis dans ses eaux. Ensuite, remontant à contre-courant, vinrent vivants sans nom. Mais Noirciel était Maître, Noirciel donnait noms. Krakodiles pour grandes mâchoires, krakens pour longs tentacules. Mais pareils terribles chasseurs.

Ainsi, Rousse saurait.

Et vivants qui peuplaient berges de Grand Fleuve apprirent à vivre avec nouveaux dangers, comme tout vivant sur terre apprend à se protéger des prédateurs.

Alors vie s'installa, et prospéra, et fructifia auprès de Grand Fleuve, jusqu'à limite des Terres Brûlées qui elles, n'ont jamais retrouvé vie. Sinon maigres mousses, pâles lichens, rares et chétives créatures survivant dans peine et douleur.

Mais parfois, sans que rien annonce, sans prémices, revenaient poison et corruption des eaux. Et mouraient peuples du fleuve et ceux des berges qui n'avaient voulu entendre véridiques avertissements de Noirciel.

Seuls vivants sans nom, krakodiles et krakens survivaient, insensibles à altération des eaux. Noirciel soupçonnait que dans leurs veines coulait sang aussi corrompu et empoisonné que plus toxique des eaux. Peut-être était-ce même poison, même venin qui avait créé aussi Terres Brûlées et Biscornus.

Vieux Frêne

Pleine lune était passée, et lune noire, et à nouveau pleine lune dispensait lumière comme soleil blanc suspendu au milieu d'étoiles, lointaines et froides. Lune pâle, étoiles scintillantes, champ bleu profond de profonde nuit. Rousse avait obéi à Noirciel, qui était Maître, qui savait. À présent, elle était impatiente de reprendre sa quête, car à aucun instant en elle désir n'avait diminué, aucun instant volonté n'avait faibli.

Peut-être ne trouverait-elle pas passage, gué pour franchir large lit du fleuve, peut-être n'atteindrait-elle jamais sommets enneigés de son rêve, peut-être se perdrait-elle en route ?

Mais appel était trop fort, trop enivrant, pour lui résister plus longtemps. Trop mystérieux aussi, comme odeurs inconnues, suaves effluves maintenant transportés par brise légère au matin.

Rousse demanda à Brune si elle était prête à partir. Bien que cela dût l'attrister au plus haut point de faire défaut à son amie, Brune ne voulait pas reprendre vie errante. Brune avait rencontré Tan, ours habitant proches collines, et Brune portait en son sein nouvelles vies. Futurs oursons à nourrir et protéger et éduquer. Brune, à cause de goût pour vie aventureuse, avait déjà perdu oursons si doux, enfants chéris, elle ne voulait pas revivre insupportable malheur.

Rousse comprenait, cependant elle sentit son cœur se déchirer, comme peau se déchire sous griffes acérées des ronces. Elle cacha sa tristesse, car elle ne voulait pas ternir bonheur retrouvé de Brune amie, et Brune cacha sa tristesse, car elle ne voulait pas entraver désir renaissant de Rousse amie.

Et faisant bonne figure, elles passèrent ensemble derniers jours précédant départ de voyageuse au pelage roux. Miel était succulent sourdant des rayons de cire et poissons filant dans belles eaux miroitantes, frais et goûteux. Et douce herbe, douce ombre aux heures de sieste pour deux amies repues.

Et tristes. Et joyeuses.

Rousse chercha Noirciel, qui était Maître, qui savait, afin de le saluer avant son départ. Elle trouva corbeau profondément endormi sur haute branche de Vieux Frêne, perchoir de prédilection pour vieux corbeau. Elle attendit, couchée au pied de grand arbre qu'il sorte de son sommeil, ouvre yeux noirs. Rousse n'était pas pressée, Rousse pour rien au monde ne serait partie sans saluer Noirciel.

Noirciel était très ancien corbeau. Noirciel sentait douleur dans ses os et raideur dans ses ailes. Et trouble de vision. Noirciel était dernier encore vivant de longue lignée se perdant dans replis du passé. Il avait observé Rousse. Elle voulait connaître vivants et monde, après Sombre Forêt et Terres Brûlées elle voulait voir au-delà du fleuve, au-delà des horizons lointains, au-delà du visible. Elle voulait *apprendre*.

Noirciel disait vrai, Rousse voulait apprendre. Rousse voulait connaître et découvrir. Elle avait beaucoup réfléchi sur rive de Grand Fleuve. Atteindre neiges éternelles, trouver territoire opulent lui importait moins que de parcourir terres et espaces. Que rencontrer vivants inconnus, contrées nouvelles, feuilles d'autre vert et autre forme que jamais ses yeux n'avaient vues. Rousse ne savait pas si cette terre que ses pattes foulaient depuis premiers jours de vie avait là-bas, loin, une fin et à quelle distance cette fin. Et qu'y avait-il après ? Maître le savait-il ? Créatures du ciel avaient-elles surplombé bord du monde, leurs ailes les avaient-elles portées au-delà ? Lui avaient-elles donné, comme à toute chose, un nom ?

Noirciel ne répondit pas. Noirciel se contenta de fixer très longtemps, de son œil noir, yeux d'or de renarde. Celle-ci, sous ce regard insistant se sentit terriblement insignifiante et importune, et avalanches, torrents de questions, bien audacieux.

Alors Noirciel poussa clairs et puissants croassements auxquels répondirent, de toutes directions, nombreuses voix corbeaux s'exprimant en langage corbeau.

Noirciel était Maître. Sa décision était prise. Noirciel accompagnerait Rousse une partie du voyage. Noirciel était très ancien corbeau et rien de ce qu'il savait, avait appris, avait deviné, avait observé tout au long de longue vie ne devait disparaître avec lui. Et à jeune et audacieuse renarde il allait transmettre maîtrise et savoir.

Rousse dressa oreilles, se lécha babines, fit quelques pas dans un sens, puis dans autre sens, tourna en rond comme si elle courait après rousse et blanche queue touffue, montra plus intense des stupéfactions. Et puis en même temps, peur que cette tâche fût trop grande pour elle, en même temps crainte de ne pas être à hauteur de ce que vieux corbeau attendait d'elle, Rousse sentit son cœur bondir dans sa poitrine, sentit comme si air soudain et lumière envahissaient ses poumons et Rousse, jeune renarde, jeune vivante, jeune force, jeunes muscles, dansa au pied de Vieux Frêne. Dansa vent et lumière. Dansa vaste monde et brève destinée. Et feuillage poussiéreux et jauni de Vieux Frêne sembla danser avec elle, danse lente comme sienne était vive, calme comme sienne était débridée. Pourtant danses si différentes exprimaient même sentiment, joie d'être au monde parmi créatures vivantes.

Et Rousse dansa Danse du lointain Bois de Chet, Danse Meute de loups vaincue, Danse Faraille, Terres Brûlées et pour finir, Rousse dansa Danse Amie très aimée, Combattante, Féroce, Secoureuse. Amie très chère, Brune, vaillante ourse, qu'elle allait quitter.

Rongemork

Ils traversèrent bois et prairies, ils traversèrent ruisseaux et rivières. Partout manque d'eau devenait visible, dans terne éclat des feuillages, dans brun des prairies, dans certains cours d'eau à sec. Même Grand Fleuve était touché. Par endroits, au long de berge affleuraient bancs de sable, plages de galets, que tout un monde végétal commençait à repeupler. Rousse se méfiait de ces îlots qui pouvaient, sous épais feuillages, cacher chasseurs à l'affût.

Jamais Noirciel, qui était Maître, qui savait, n'avait vu niveau du fleuve aussi bas. Jamais il n'avait vécu sécheresse aussi longue.

Au plus chaud du jour, une sieste était bienvenue. Il y avait toujours fourré, creux entre racines, pour abriter renarde. Branche bien disposée dans ramure de frêne comme perchoir à corbeau. Noirciel, à tout autre représentant du peuple arbre, préférait frêne. Il appréciait ombre claire, feuillage léger, et fruits craquant sous dur bec.

Noirciel, de sa position dominante, vue, ouïe, odorat en alerte, somnolait tout en veillant au repos de Rousse. Aucun prédateur, aussi silencieux et sournoisement discret fût-il, ne pouvait échapper à acuité de ses sens. Noirciel était Maître, Noirciel savait. Ainsi se déroulait courte ou longue vie de toute créature, un temps chasseuse affamée, un temps proie terrifiée. Un temps en quête d'énergie vitale, un temps luttant pour préserver sienne. Car, pour finir, qu'importait aux vivants, sinon de se préserver, se perpétuer, se transmettre. Du plus faible au plus fort, du plus inexpérimenté au plus retors, du plus lent au plus rapide. Sang versé, et sang bu.

Herbes, plantes, arbres, fleurs, feuilles et troncs, tous aussi participaient au cycle. Tous offraient leur part.

Rouge ou verte était sève de vivants.

Souvent, à nuit tombée, violent tonnerre grondait au loin et éclairs bleutés illuminaient ciel et terre, pareils à éphémères soleils embrasant ventre de nuages. Orages de chaleur, orages secs. Foudre qui s'abattait parfois et incendiait sommets de collines.

Un soir, alors que vent violent soufflait dans vallée, remontant cours du fleuve, air se chargea d'odeur de bois brûlé, toutes essences mêlées. Puis, au loin, fumées grises, noires, denses, mouvantes, s'élevèrent, masquant en partie soleil couchant, se mêlant aux nuages bas d'orage poussés par bourrasques et vent. Bientôt, hautes et rougeoyantes flammes d'incendie se découpèrent sur ciel de nuit, long ruban rouge, longue mâchoire, dents de feu, dévorant arbres comme fétus, réduisant à rien années de vie, croissance, sagesse, fière beauté sous fécondant soleil. Odeur de cendre, âcre, asphyxiante, saturait poumons. Incendie était trop éloigné pour mettre en danger Noirciel et Rousse, et au lever du jour, vent étant tombé, grand feu, comme rassasié par excès de longue nuit, s'éteignit dans premières lueurs d'aube grise.

Quelques jours plus tard, lorsque Rousse et Noirciel arrivèrent en lisière d'incendie, découvrant terre couverte de cendre, souches noircies fumantes, courtes flammèches dansant encore par endroits là où s'élevait grande, verte et très ancienne forêt, Rousse crut revoir Terres Brûlées. Pourtant, à présent elle l'avait appris, ici vaillante vie renaîtrait, d'abord lentement, difficilement, puis avec plus d'aisance, années passant. Et un jour, trop lointain pour qu'elle pût tout à fait y croire, tout à fait le ressentir, herbes, broussailles, belles ramures et forêts recouvriraient squelette calciné, collines semblant mortes.

Noirciel était Maître, Noirciel savait, jamais plus infime vie ne reviendrait prendre racine dans Terres Brûlées, Terres Mortes. Feu qui les avait ravagées il y avait des générations et générations de cela, était d'autre nature, comme vivant est d'autre nature que roche. Il n'avait pas été créé par puissance de foudre et éclairs. Feu brûlait sans flammes, sans chaleur, feu invisible, indiscernable, qui avait pourtant consumé jusqu'à profonde chair de vivante terre. Odeur indescriptible qu'avait sentie Rousse en parcourant grande plaine calcinée était odeur résiduelle de très ancien incendie sans feu, très ancienne brûlure. Même Noirciel qui était Maître, ne pouvait imaginer, ni décrire. Il n'en connaissait que nom donné par très anciens Maîtres bien avant lui. C'était mort qui ronge, c'était Rongemork.

Dont mortel pouvoir, si longtemps après, toujours se faisait sentir.

Braises rougeoyantes et cendres blanches étaient encore brûlantes, et ils durent faire long détour qui les mena jusqu'à crête des collines. Incendie était parti du sommet, attisé par fort vent avait dévalé pente vers Grand Fleuve et laissait autre versant intact. Rousse grimpa sur promontoire dominant étagement des collines. Leurs douces courbes s'effaçaient dans brume bleutée, celles plus éloignées paraissaient onduler et vibrer sous lumière du plein été, comme vues à travers scintillante surface de lac.

Quelque part, là-bas, dans direction du soleil, derrière vallées, sommets, vibration de chaleur, se cachait Bois de Chet. Rousse ne put résister à forte envie de humer saveur du vent, mais trop grande était distance, trop nombreux jours et nuits, évaporées plus ténues des traces, et Rousse sentit comme un vide dans son ventre, comme quand proies manquent et que règne dévorante faim.

Noirciel, porté par courants, monta très haut, et vit clairement Bois de Chet trembler dans onde de chaleur. Là-bas aussi sécheresse sévissait. Là-bas aussi verts lumineux d'été viraient aux bruns ternes d'automne bien trop tôt. Là-bas et comme partout où se posait son regard.

Juste à son aplomb, renarde fixait lointain horizon, pourtant vieux corbeau savait, regard de renarde ne voyait pas monde présent, regard de renarde était tourné vers hier, vers avant, tourné vers vifs, colorés et odorants souvenirs, vers amis abandonnés et amitiés perdues, et Noirciel préféra ne rien révéler du présent de Bois de Chet.

Après avoir progressé au long de ligne de crête, jour, puis encore jour, ils atteignirent limite d'incendie et purent redescendre vers Grand Fleuve. Il avait creusé son lit dans roche dure et rive escarpée surplombait flot rapide, tumultueux. De loin en loin, il se déversait dans chutes bouillonnantes et grondantes, environnées de brouillards sur lesquels rayons de soleil dessinaient arcs de couleurs chatoyantes, comme en dessinent gouttes de pluie dans lumière du ciel. Dans ces eaux vives, ni krakodiles ni krakens ne s'aventuraient, et trouvant baie abritée du puissant courant, Rousse, sans plus de crainte, plongea dans fraîche eau claire. Dansa, nagea, s'ébroua dans gerbe d'eau, glapissant de plaisir. Après jours de chaleur de cendre et de fumée, elle avait très agréable impression de retrouver vigueur et légèreté, elle avait heureuse impression que lourde fatigue s'écoulait de ses muscles, comme poussière s'écoulait de son pelage qui retrouva vite roux flamboyant et blancheur immaculée.

Rousse était jeune et gaie renarde.

Ils reprirent leur chemin, toujours suivant large lit de Grand Fleuve et Noirciel qui était Maître, qui savait, jours suivant jours, transmettait à Rousse savoir, connaissances et expériences.

Doutes aussi, et ignorance.

Terre Sanglerrière

Après plusieurs jours de voyage, hautes gorges de pierre s'affaissèrent en lente déclivité jusqu'à atteindre niveau de Grand Fleuve. Ici, eau et terre se mêlaient en vastes marécages couverts de roseaux élancés en touffes épaisses, hautes fougères, iris jaunes, aulnes, saules aux feuillages dorés se reflétant dans mares et étangs. Multitude des peuples des terres humides coassait sous ombres vertes et Rousse entendait distinctement, comme en écho, grogner son estomac vide depuis trop de temps et qui réclamait pitance.

Pourtant, Noirciel les fit attendre en bordure des marécages. Ici, c'était territoire de peuple sanglier. Ici était Terre Sanglerrière et il fallait attendre que permission fût accordée. Il fallait attendre messager de Chef Major Duredent. Il fallait attendre.

Rousse, bien qu'impatiente de s'aventurer au milieu de marais, mares et marécages giboyeux ne pouvait contrevenir aux décisions de Noirciel, qui était Maître, qui savait, aussi, tout en maudissant intérieurement peuple sanglier et Chef Major Duredent si peu accueillant, elle s'allongea sur sol frais et spongieux, posa son museau sur ses pattes étendues devant elle et s'apprêta à attendre, ventre vide et oreilles hantées par chants mélodieux et alléchants de grasses grenouilles.

Clan sanglier peuplait ces vastes étendues entre terre et eau depuis des temps immémoriaux. C'étaient créatures ombrageuses, irascibles, toujours promptes à se battre contre quiconque ne respectait pas loi Sanglerrière. Mais de même, toujours prêtes à défendre quiconque respectait loi et Terre Sanglerrière. Batailleur était ce peuple parmi vivants, rudes et puissants combattants. Jarrets solides, fronts durs, longues dents aussi tranchantes que dents farailles. Mais esprit droit, cœur généreux. Amitié solide, haine farouche. Telle était horde Sanglerrière et mieux valait en être ami qu'ennemi.

Jours passaient, jours d'été finissant, lune s'arrondissait au ciel, pareille au ventre femelle portant précieuse vie à naître et rien ne venait du clan sanglier. Rousse, si elle s'efforçait de n'en rien laisser paraître, bouillait d'envie d'explorer marécages et roselières dont elle ne connaissait pas de semblables. Noirciel, qui était Maître, qui savait, n'était ni impatient ni inquiet, ou furieux d'indifférence apparente de Chef Major à son égard. Plusieurs fois par jour, laies, marcassins, sangliers passaient devant eux, vaquant à leurs affaires, se contentant de rapides coups d'œil en direction des postulants. Noirciel, si susceptible d'habitude, si prompt à cinglante colère, n'avait pas apparence courroucée par peu de respect que horde sanglière montrait pour ses rang et personne.

Mais journées d'attente n'étaient pas perdues pour impétueuse renarde, car Noirciel, qui était Maître, qui savait, en profitait pour parfaire son apprentissage. Parfois, Rousse pensait que son esprit ne serait jamais assez solide et extensible et qu'il allait se fendre, éclater comme fruit trop mûr sous accumulation des connaissances que corbeau lui insufflait jour après jour, nuit après nuit. Parfois avec placidité et calme, parfois avec énervement et rudesse, si Rousse faisait mine de relâcher attention. Car Noirciel connaissait aussi insondable ciel nocturne. Étoiles fixes dessinant d'incompréhensibles et immuables signes, et étoiles voyageuses qui parcouraient inlassablement immense champ du ciel.

Lune changeante et pourtant immuable, comme flottante sur flot continu du fleuve vie.

Il n'est jamais trop tard pour apprendre, et on n'en savait jamais assez, car vaste est univers, multiples sont créatures qui l'habitent et innombrables phénomènes qui adviennent. Tels étaient principes de Maître Noirciel.

Et puis un matin, jeune et fringant sanglier franchit invisible barrière délimitant Terre Sanglerrière et, se campant sur ses pattes courtes et solides, salua Maître Noirciel de respectueux balancements de hure avant de porter attention sur renarde inconnue, qui selon rumeur répandue était véritable initiatrice d'expédition et Noirciel, qui est Maître, qui sait, simple compagnon. Même rumeur prétendait aussi que l'on avait entendu vieux corbeau enseigner jeune renarde. Messager, qui s'appelait Cœurfier, enviait chance de créature renarde que rien en apparence ne distinguait d'autres intelligentes créatures et qui recevait si riche savoir.

Maître Noirciel et sa protégée étaient attendus par Chef Major Duredent en son gîte de Fort Les Aulnes. Cœurfier les invita à le suivre, et enfin, après tant de jours d'attente forcée, Rousse put fouler Terre Sanglerrière. Qui était terre fraîche et humide, généreuse et profonde, très douce aux pattes meurtries de voyageuse.

En chemin, ils croisèrent bande de guerriers qui galopaient à vive allure, droit devant, sol tremblant sous leurs sabots. Krakodile, qu'ici on nommait Mâchemort, avait osé violer frontière Sanglerrière et dévoré jeunes marcassins batifolant dans vasière longeant Grand Fleuve et ils allaient de ce pas faire régner loi sanglière. Entraînés par fougue guerrière, voyageurs et guide s'élancèrent à leur suite. Très vite, Rousse sentit monter en elle goût violent de chasse et plus rien alors ne comptait que de garder place au côté de Cœurfier dans course folle vers affrontement. Sangliers étaient puissants et rapides, cependant Rousse était agile et leste. Quand sangliers traversaient tête en avant roselières et branches basses, Rousse contournait, courbe parfaite, ou bond agile, volait au-dessus des obstacles.

Krakodile, voyant fureur et colère sanglière fondre sur lui, voulut fuir vers proches eaux libres, mais vaine fut cette manœuvre, car détachement de guerriers lui coupait déjà accès au fleuve. Alors, sous regards effarés de Rousse, dans grands jaillissements d'eau et boue, en parfaite ordonnance, loi Sanglerrière frappa telle implacable foudre. Krakodile était immense et musculeuse créature, armée de mâchoires broyantes et griffes acérées, experte en chasse et tuerie, plongeuse et nageuse incomparable ayant avantage de son élément, pourtant, contre assauts conjugués de guerriers qui l'entouraient de toutes parts, mordant, frappant, piétinant, assauts se succédant sans relâche, krakodile ne put rien faire, ni fuir, ni se défendre. Aussi violent que bref fut ce combat.

Aussi violente et brève mort.

Après, corps krakodile qui était poison, et venin sang noir, fut traîné et poussé dans vivant courant de Grand Fleuve. Il roula et tournoya sur lui-même en s'éloignant des rives de Terre Sanglerrière, et toute créature voyant passer cadavre krakodile, percé de multiples blessures, mâchoire fracassée, pattes arrachées, boyaux dévidés, comme signal explicite de danger et de mort, pouvait reconnaître et craindre fureur sanglière. Mortelle vengeance de clan sanglier.

Même soir, il y eut grande fête à Fort Les Aulnes, donnée par Duredent, Chef Major, en grand honneur de victoire sur Mâchemort et venue si rare de Noirciel, qui était Maître, qui savait, et de Rousse, jeune élève attentive.

Il y eut abondance de nourriture, sève rouge et sève verte. Il y eut chants sonores et danses tournoyantes, tandis qu'au ciel, lentement cheminaient étoiles et lune ronde.

Et sous voûte nocturne, résonnant de joyeuse fête, Rousse et Cœurfier se lièrent en profonde et vive amitié.

Vieux corbeau

Au matin, Noirciel et Rousse, toujours conduits par Cœurfier, reprirent leur route. Évitant mouvantes fondrières, contournant étangs, longeant marécages, sinuant à travers fourrés et taillis. Parfois traversant à gué clair ruisseau, parfois nageant dans rivière dévalant vers Grand Fleuve. Rousse et Cœurfier appréciaient présence réciproque. Renarde charmée par prestance et énergie fougueuse de sanglier, sanglier fasciné par fine élégance de renarde et pétillante et lumineuse lueur scintillant dans magnifiques yeux d'or, comme feuilles de saule reflétées par surface de limpide courant. Fasciné aussi que Noirciel, qui est Maître, qui sait, l'ait choisie, elle, entre toutes créatures.

Noirciel, vieux et respectable corbeau, qui n'avait nul besoin de guide, volait loin au-dessus d'eux.

Si vaste était Terre Sanglerrière, si tortueux sentiers contournant mares et étangs, et coulées tracées dans roselières que, malgré parfaite connaissance qu'en avait Cœurfier et allure soutenue de leur avancée, ce ne fut qu'en fin de journée qu'ils en atteignirent invisible frontière. Invisible, pourtant quelque chose, légère élévation du sol, moindre présence d'eau, sensation d'air à peine plus sec, peut-être éclaircie dans dense végétation, la révélait aux yeux attentifs. Rien de tangible et pourtant nul ne pouvait se tromper. Ici était frontière de Terre Sanglerrière.

Personne ne le désirait, mais il fallait se résoudre à inéluctable séparation. Si cela n'avait tenu qu'à lui, Cœurfier aurait volontiers continué d'accompagner Rousse dans sa descente de Grand Fleuve dont brillantes eaux scintillaient à travers frondaisons, à quelque distance. Il aurait volontiers en sa compagnie découvert étendue du monde et rien n'aurait pu donner plus de joie à Rousse, mais ici, à ultime limite de sa terre, s'achevait rôle de Cœurfier, messager et guide. Il devait retourner auprès des siens, reprendre service à Fort Les Aulnes. Telle était coutume sanglière. Telle était loi impérieuse du clan. Richesse et protection, devoir et contrainte.

Rousse suivit du regard Cœurfier qui s'éloignait, jusqu'à ce qu'au détour d'un bosquet de coudriers, il disparaisse dans pénombre verte et léger voile de brume et que son odeur s'amenuise, s'évapore. Rousse sentait tristesse monter en elle. Chant grave du peuple des marécages semblait accompagner lourd chagrin envahissant son cœur. Elle resta un long moment assise, queue enroulée autour des pattes, yeux vagues, tandis que tombait obscurité. Pensant à ces jours de marche qui l'éloignaient d'amie Brune, pensant à invisible frontière qui la séparait à présent d'ami Cœurfier. Noirciel, posé sur une branche au-dessus d'elle, assistait silencieux à amère leçon, se félicitant de ne pas en être instigateur. Car, et ce n'était pas de gaîté de cœur, il s'apprêtait à infliger peine encore plus grande à sa jeune élève.

Il voleta jusqu'à terre et se posa à côté de Rousse, grandes ailes noires battant air tiède de fin de jour. Rousse jusque-là n'avait pas remarqué combien fines plumes autour de noir bec luisant avaient blanchi. Noirciel était vieux parmi peuple corbeau.

« Croâ ! Croâ ! Croâ ! » lança Noirciel de puissante voix, dure, sonore comme pierres s'entrechoquant.

Aussi étendu était son territoire, aussi forte son influence, aussi écoutée sa sagesse, à toute chose il y a limite. Bords de Terre Sanglerrière était limite de Noirciel. Au-delà il n'était plus Maître, au-delà il n'était que très vieux corbeau, si vieux que parfois os étaient douleur, vol lassitude, pensées confusion. Monde était immense, incommensurable, et nul vivant sur terre ou dans vaste ciel ne pouvait en parcourir étendue entière en une vie, aussi longue soit-elle, aussi longue que vie de Noirciel.

À présent, Rousse devait continuer seule son voyage ou avec autre compagnon de rencontre. À présent, Rousse devait poursuivre seule quête de savoir, ou avec autre Maître croisé en chemin. Toutefois, peu nombreux étaient-ils. Et savoir devait se chercher aussi ailleurs que chez Maîtres. Car tout était connaissance.

Car immense aussi était part inconnue du monde et une vie ne suffisait pas à en connaître même infime partie. Noirciel était Maître, Noirciel savait, pourtant savoir accumulé était comme feuille minuscule perdue dans immense feuillage d'arbre monde. Fétu d'herbe emporté dans éternel courant de Grand Fleuve. Grains de pollen volant dans vent bleu.

Rousse serait dernière élève de Noirciel. Et Rousse serait sa préférée. Curieuse, attentive, passionnée, joyeuse. Intelligente. Et ainsi voulait en garder souvenir vieux corbeau, las et usé, comme souvenir lumineux de sa propre jeunesse, lointaine, encore éclairée d'une lumière de miel. Ramage superbe et esprit vif.

Rousse ne devait pas être triste, afin que Noirciel ne soit pas triste, et pesant long voyage de retour. Rousse n'était pas triste. Rousse sentait violente émotion, bien plus violente que simple tristesse envahir son esprit et si elle n'en connaissait pas nature, elle sentait pourtant que cette émotion contenait sentiment de disparition, de perte définitive. Rousse, tandis que Noirciel s'éloignait dans crépuscule s'assombrissant, porté par ample battement de grandes ailes déployées, sentit qu'elle ne le reverrait plus jamais. Et cette forme noire, qui bientôt se fondit dans grises ombres du soir, serait dernière vision qu'elle aurait de vieux corbeau, Noirciel qui était Maître, Noirciel qui savait.

Rousse n'était pas triste. Rousse, à présent, savait. C'était douleur et force, c'était joie et précipice, c'était source de lumière dans plus noire des nuits, sombres nuées dans ciel très pur.

Chemin gris

Jours raccourcissaient et pluie ne venait toujours pas, ni froid. Après terres humides de clan sanglier, sécheresse pesait à nouveau, comme couche de poussière rendant air plus lourd, asséchant gueule et naseaux, irritant yeux. Rousse trottait, Rousse avançait, suivait direction de Grand Fleuve et Grand Fleuve se dirigeait vers couchant. Son lit était à présent si large qu'autre rive n'était plus visible. Très lointaines, à demi effacées par grande distance, très hautes montagnes se devinaient, formes diluées dans bleu du ciel et parfois, les contemplant, jeune renarde soupirait et regrettait qu'elles soient hors de portée, regrettait raison première de sa quête. Mais regret ne durait pas. Car, à présent, Rousse comprenait que ce n'était pas recherche de hautes et blanches cimes qu'elle avait entreprise, ni quête de douces et vertes contrées. Cela, territoire sanglier le lui aurait apporté, car Chef Major Duredent lui avait accordé asile à vie, lui avait offert place de choix dans société sanglière. Pourtant, alors que jeune renarde ne savait comment remercier peuple sanglier de ce don généreux, ayant forte tentation d'accepter car elle serait volontiers restée auprès de Cœurfier, roc solide contre lequel s'appuyer, ami prévenant, ami très cher, Rousse avait compris que son but était autre. Noirciel qui était Maître, qui savait, lui avait ouvert cœur et esprit. Ce que Rousse avait entrepris, c'était exploration du monde.

Cycle de lune s'était écoulé depuis traversée de Terre Sanglerrière et départ de Noirciel. Une autre s'amenuisait là-haut, lentement dévorée par Chasseur Invisible. Une fois réduite à mince os d'échine, Mère Invisible viendrait et offrirait riche lait de lumière qui arrondirait à nouveau ventre de lune. Ainsi était cycle lunaire, rassurant, immuable comme marche sans fin des jours et du temps.

Nombreux jours de marche solitaire, nombreux soirs de veillée solitaire, nombreuses nuits de repos solitaire. À présent, Rousse cheminait dans savane d'herbes sèches dont elle ne voyait pas venir fin. Grand Fleuve amorçait longue courbe qui, Noirciel le lui avait appris, allongerait de nombreux pas sa progression et elle prit parti de couper au plus court. Elle but autant qu'elle put avant de s'éloigner de Grand Fleuve, car elle n'était pas sûre de rencontrer moindre point d'eau où se désaltérer avant de retrouver son lit, loin en aval. Savane était sèche. Offrait peu d'abris. Peu d'ombre. De peu grasses proies mais suffisantes pour chasseuse connaissant son affaire et sachant se contenter de peu.

Bientôt, Rousse croisa large piste qui traversait blonde savane. Elle était constituée de roches gris sombre, presque noires. Par endroits lisses et plates, à d'autres brisées en nombreux morceaux inégaux, ou effondrées, disparaissant sous herbe sèche. Air portait trace de multitude de fumets. C'était sentier très fréquenté par vivants de savane, peuple des herbes. En quelques bonds, Rousse grimpa sur un rocher aux arêtes vives, comme planté au bord de chemin gris et fait de même roche grise qu'elle ne connaissait pas. Au sommet, quelques morceaux de faraille en sortaient, comme tiges brunies, dures et coupantes. De là, Rousse observa chemin gris.

C'était long ruban terne, s'enfonçant jusqu'au lointain, échappant à vue perçante de renarde. C'était comme lit de rivière aux eaux grises. Figées, comme mortes. Osseuses.

Rivière s'écoulant immobile vers lointain couchant, en droite ligne, à peine déviée de loin en loin par courbes larges et paresseuses.

Rousse huma riches effluves portés par brise légère. Nombreux, variés, anciens ou récents. Elle ne décela aucune odeur de danger. Elle sentit trace infime des invisibles eaux libres. Piste grise, à n'en pas douter, telle rivière affluente rejoignait lit de Grand fleuve en aval.

C'était piste comme jamais Rousse n'en avait rencontré. Plus droite que jamais vu. Plus lisse et régulière. Plus dure. Plus incompréhensible aussi.

Rousse entendait leçon de Noirciel qui était Maître, qui savait. Inconnu est source de savoir. Savoir est source de vie.

Rousse décida de suivre chemin gris.

Jour entier elle trottina suivant chemin gris qui droit, plat et uniforme parcourait plaine herbeuse. À chaque pas, nuées de sauterelles s'envolaient, comme étincelles écarlates ou turquoise qui craquaient et giclaient sous dents d'inlassable marcheuse. Seuls quelques arbres, feuillus et résineux, chênes, ormes, effilés peupliers, pins et cades, de loin en loin, venaient rompre monotonie d'herbes jaunes s'étendant de toutes parts. Loin sur large plaine troupeau de buffles soulevait poussière dorée dans lumineux soleil. Rousse chassa et dévora campagnols affairés et lézards somnolant au soleil. Rousse, si elle regrettait présence d'amis à ses côtés, trouvait aussi charme et plaisir à vivante solitude. Elle marchait ou courait à son rythme, se reposait ou chassait quand bon lui semblait, quand envie ou besoin l'imposait.

Par endroits, chemin gris s'interrompait, mais toujours sa trace restait visible, se découpant dans hautes graminées balancées par souffle du vent, et tôt ou tard réapparaissait, d'abord en roches éparses, lignes brisées, puis à nouveau s'étendant au lointain, gris et lisse. Uniforme.

Bois refuge

Autre matin, alors que peu à peu arbres clairsemés s'étaient mués en belle forêt, hêtres, ormes, chênes, pins mêlés, Rousse sentit dans brise d'aube odeur de Grand Fleuve, odeur vivante et verte, qui lui donna regain d'énergie. Revigorée, rejetant fatigue et lassitude, Rousse s'élança à sa rencontre.

Chemin gris, coupant droit à travers bois, atteignait bordure de Grand Fleuve et se continuait par enchevêtrement de faraille et de roches qui s'avançait au-dessus de son lit, avant de s'interrompre net, au grand étonnement de Rousse.

D'un côté de piste, colonne de faraille s'érigeait très haut, tel grand fût lisse d'arbre depuis longtemps mort. De longues tiges, comme lianes noires, rigides serpents, prenaient racines à son sommet et plongeaient dans courant.

Sur côté voisin, même forme d'arbre s'était rompue et gisait, brisée en nombreux morceaux de toutes tailles, en travers de chemin gris. Certains reliés entre eux par tiges de faraille brunie.

Circonspecte, Rousse s'approcha. Elle renifla, goûtant message du vent. Elle inspecta alentours. Elle écouta, attentive aux chants et piaillements d'oiseaux. Créatures du ciel étaient bonnes guetteuses et promptes à donner alarme. Berges étaient assez hautes et escarpées pour qu'elle n'ait pas à craindre affreux krakens et mortels krakodiles. Prudemment, attentive à ne pas blesser ses pattes sur faraille griffante, coupante, évitant roche en équilibre instable, silencieuse et furtive, elle traversa fouillis de faraille barrant chemin, et s'aventura plus avant. Chemin gris s'avançait au-dessus de Grand Fleuve, comme tracé dans vide, suspendu dans rien.

Rousse dut rassembler tout son courage avant d'oser s'avancer au-dessus du fleuve. Rousse n'était pas oiseau, Rousse ne savait pas voler.

Plus loin, peut-être brisée par violente crue, peut-être cédant à usure de toute chose, piste s'interrompait. Au-delà, Rousse aperçut haute forme émergeant des eaux, comme carcasse, squelette faraille de créature si complexe qu'elle échappait à son entendement. Longues lianes noires s'extrayaient des eaux et s'élevaient pour venir s'y accrocher. Rousse devinait que c'étaient mêmes lianes farailles qui plongeaient d'arbre mort sur rive, et se continuaient sous surface impénétrable de Grand Fleuve, reliant, elle en était persuadée, d'une façon ou d'une autre ces incompréhensibles étrangetés.

Ainsi s'achevait, suspendu au-dessus de Grand Fleuve, chemin gris suivi depuis des jours. Rousse apercevait mince ligne de rive opposée, plus proche au bout de chemin gris qu'elle ne l'avait jamais été. Inatteignable pourtant. Elle imagina piste aérienne s'élançant jusqu'à carcasse faraille et se prolongeant au-delà, et traversant lit de Grand Fleuve. Et renarde, gambadant d'un pas léger, rejoignant autre rive aussi facilement qu'enjamber ruisseau.

Rousse se secoua, se lécha babines et truffe de rapides coups de langue et retourna sur ses pas.

Brusquement, long tentacule gluant de kraken jaillit sous elle, dard dressé, et la frappa de plein fouet. Rousse sentit vive et brûlante douleur parcourir son échine, se répandre par tout son corps. Comme morsure, comme feu brûlant, comme insupportable venin d'innombrables piqûres de guêpes, frelons, scorpions, araignées. Dard acéré lui avait injecté poison mortel. Elle roula sur elle-même, glapissant de douleur, pattes agitées de spasmes, poumons paralysés. Autre tentacule se tendit vers elle, déroulant ses anneaux. Rousse eut temps de voir ventouses rouges qui s'ouvraient au long du membre vert sombre, cherchant à la saisir pour l'entraîner sous sombres eaux.

Douleur était si forte, ankylose si rapide, que Rousse crut ne jamais pouvoir se relever. Folle panique obscurcissait son esprit, comme noire nuit tombant trop vite. C'est alors qu'elle revit Brune, dressée de toute puissance ourse, de toute colère ourse, face à meute encerclante. Amie qui s'était relevée après atroce perte de si aimée progéniture, incommensurable chagrin, et avait combattu, et tué meneur de loups et fait fuir meute entière et lui avait sauvé unique vie. Alors, surmontant effroyable douleur, rejetant effroyable présence de mort kraken, Rousse se releva et s'enfuit ventre à terre, bondit à travers roche branlante et faraille coupante, se cogna, tomba, se redressa, courut, courut, droit devant elle. Fuyant, fuyant monstrueuse créature et menant course effrénée entre troncs d'arbres.

Rousse tomba encore, cette fois d'épuisement. Se traîna vers profond taillis d'aubépine sous lequel, rampant, elle se tapit. Aubépine était bois fort, bois de défense, vivant refuge.

Rousse avait consommé dernière parcelle d'énergie de muscles et volonté. Rousse ne voyait plus que formes vagues, ombre et lumière palpitantes, comme à travers brume épaisse au crépuscule d'hiver. Cœur de renarde battait à tout rompre, emballé, prêt à éclater, comme fruit trop mûr. Large coupure de faraille suppurait à son flanc. Et au long de son échine, là où kraken avait frappé, Rousse sentait venin, tel grouillement d'insectes affamés, lentement répandre mort dans son sang, comme colonie de fourmis creusant galeries sous sa peau. Démangeaisons insupportables qui lui faisaient perdre contrôle et raison. Elle urina sous elle, grande honte. Elle haletait, gorge obstruée par elle ne savait quoi, sable, terre, cendre.

Terreur dévorait conscience.

Rousse brûlait de fièvre et pourtant frissonnait, glacée jusqu'aux os.

Rousse s'évanouit.

Ombre

Quand Rousse reprit conscience, jour finissait. Rousse tenta de se mettre debout, mais si faible était son corps, si douloureux moindre mouvement, qu'elle renonça.

Rousse s'évanouit.

Quand Rousse reprit conscience, soleil était déjà haut. Rousse, consumée de fièvre, gorge et langue gonflées, torturée par brûlante soif, exténuante fatigue, savait qu'il lui fallait boire au plus vite. Tout en elle hurlait soif, soif, soif, comme cri d'agonie. Elle put se dresser sur pattes antérieures, mais arrière-train restait paralysé. Cœur battant, elle retomba au sol.

Rousse s'évanouit.

Nuit, vinrent hordes krakodiles déchirer ses membres, vinrent grouillants krakens empoisonner son sang, vinrent grands loups comme jamais vus la dépecer vivante, vinrent fièvre, soif, douleur dévorer son esprit.

Noire nuit.

Fraîche odeur de pomme la ramena au monde. Odeur pointue et sucrée. Odeur humide. Pomme. Verte et rouge, luisante dans tremblotante lumière, posée devant sa truffe. Rousse, étirant son cou, la croqua sans attendre. Jusqu'au dernier pépin. Dernière goutte de suc. Et se rendormit.

Quand Rousse se réveilla, elle sentit que fièvre et poison avaient quitté son corps. Fatigue et soif, douleurs lancinantes étaient toujours vives, pourtant Rousse reprit espoir, Rousse savait qu'en elle force de vie avait évincé délétère puissance de venin kraken, avait repoussé noire nuit.

Il fallait qu'elle se lève, il fallait étancher terrible, obsédante soif. Inexplicable saveur de pomme douce, sensation de pulpe gorgée d'eau et de sucre, odeur rafraîchissante, odeur joyeuse, palpitaient dans son esprit, comme rêve qui s'efface, impalpable, sans consistance et pourtant plus lumineux, plus chargé de joie que matin de printemps. Rousse soupira. Elle était encore trop faible pour s'aventurer hors de tanière aubépine. Rousse ne savait que faire. Avait-elle survécu à mortel kraken pour périr de soif?

C'était destin moqueur et fin amère.

Rousse posa son museau sur ses pattes et à nouveau soupira. Tout à coup, tombant de nulle part, pomme, verte et rouge, luisante sous vif soleil, roula à travers entremêlement de branchages et épines et vint cogner contre truffe sèche et craquelée de Rousse. Puis une autre suivit. Puis autre encore. Sous regard incrédule de renarde frappée d'étonnement.

Éclair fugace, ombre claire traversa champ de vision de Rousse. Revint, repartit, s'enfuit, ici, là-bas, toujours à bonne distance de buisson d'aubépine où se tapissait renarde aux dents pointues. S'arrêta enfin, face à Rousse. Queue ébouriffée, robe noisette, plastron blanc neige, prunelles noires toujours en mouvement, oreilles dressées, museau frémissant. Se dandinant sur place, prêt à détaler à moindre alerte, aussi peu rassuré que Rousse était abasourdie.

C'était Ombre.

Très jeune écureuil habitant de ces bois. Dame Touffue, sa mère, avait disparu, le laissant seul. Seul dans immense et dangereuse forêt. Seul et triste. Solitaire. Sans amis parmi peuple écureuil ou autres peuples. Mère disparue, Ombre l'avait longtemps cherchée. De branche en branche, d'arbre en arbre. Longtemps.

Du levant au couchant, de chaque côté du parcours du soleil, au profond des forêts, de collines en vallons, sur rives des eaux. Orée de savane dorée.

Mère disparue. Jamais revue, plus jamais sentie douce odeur, plus jamais entendue voix rassurante.

Mère comme jeune renarde, rousse et blanche.

C'était lui, Ombre, grand pourvoyeur de pommes. Il savait aussi où trouver noyers, noisetiers, buissons de ronce aux rondes mûres, insectes craquants. Toutes bonnes nourritures offertes à qui savait se servir.

Rousse aurait volontiers croqué écureuil sautillant, gambadant, montant, descendant, tel infatigable moucheron tourbillonnant devant ses yeux. Mais c'était minuscule et maigre proie. C'était vif et plaisant jeune vivant. C'était Ombre.

Rousse se rappela leçon de Noirciel, qui était Maître, qui savait. Mort est fin, vie est chemin.

Rousse, errante renarde cherchant elle ne savait quoi, montrait par sa persévérance de quel côté penchait son cœur.

Plusieurs jours durant, Ombre nourrit Rousse encore trop faible pour pouvoir quitter abri aubépine, bois refuge. C'étaient fruits, baies, amandes, gras escargots, œufs goûteux, fondants champignons, raisins acides, roboratives châtaignes, que Rousse engloutissait avec grand appétit. Avec reconnaissance aussi pour dur labeur qu'accomplissait Ombre, sans relâche, du matin au soir.

Et puis, autre jour, renarde put enfin se dresser sur ses pattes vacillantes. Efflanquée, côtes saillantes, poil rêche et crasseux. Sans éclat. Dévorée de puces, poux et autres vermines. Mais debout.

Pattes chancelantes elle émergea du taillis d'aubépine. Huma nouveau matin. Leva regard vers ciel d'azur. Bâilla, s'étira du mieux qu'elle put et, à pas comptés, se mit en mouvement. Ombre suivait Rousse.

Renarde se traînait péniblement, tête basse et langue pendante. Écureuil, courant à ses côtés, sautant de branche en branche, bondissant d'arbre en arbre, les conduisit près de clair et mince ruisseau serpentant entre rochers. Là, dans bassin moussu, ocellé de soleil, Rousse s'abreuva longuement, puis baigna son corps exténué, douloureux et sentant mauvaise odeur de maladie. Onde était fraîche et parfumée d'enivrante odeur de menthe. Rousse sentit s'écouler de triste fourrure saleté et parasites, fièvre et poison. Rousse sentit revenir en elle, comme portés par limpide ruisseau, énergie, courage et bonheur d'être en vie.

Après quelque temps à sécher en paressant au chaud soleil, Rousse avait retrouvé soyeuse et éclatante toison rouge. De cette fâcheuse rencontre qui avait failli de peu lui coûter précieuse vie, Rousse ne garderait que mince ligne blanche comme cendre, courant au long de son échine, là où kraken avait frappé, injecté mortel venin.

Et garderait lumineux souvenir de jeune et gai écureuil, souvenir d'Ombre.

Nombreux jours Rousse et Ombre passèrent ensemble, nombreuses nuits aussi, Ombre blotti dans moelleuse fourrure de Rousse, Rousse bercée par doux babil d'Ombre qui était léger comme plume, comme clair ruisseau chuchotant sur verte mousse. Et puis un soir, renarde l'attendit en vain. Jour. Nuit. Jour. Ombre ne revint pas. Ne revint pas jeune écureuil joyeux et vif comme éclair, jeune écureuil qui lui avait redonné vie. Chasseur plus véloce que lui, plus rusé que lui, l'avait rattrapé. Loup, aigle, lynx, hibou, ours, couleuvre, renard, nombreux prédateurs, nombreuses proies. Vie se nourrissait de vie. Même Noirciel, qui était Maître, ne savait pourquoi.

Laissant derrière elle premières lueurs d'aube rose, laissant derrière elle bois natal d'Ombre, mais gardant de lui précieuse mémoire, Ombre qui fut nourricier, qui fut amical jeune compagnon, Rousse se mit en marche.

Grand Fleuve coulait toujours dans même sens.

Passage

Jour après jour, Rousse marchait en direction du soleil couchant. Elle traversa forêts, prairies, ruisseaux à sec, lits de rivières réduites à filets sans vigueur. Parfois, n'ayant pas trouvé d'eau sur son parcours, Rousse inspectait soigneusement amont et aval, attentive aux frémissements, tourbillons, moindres formes descendant rapide courant, et allait s'abreuver au Grand Fleuve, dont elle s'éloignait aussitôt.

Autre jour, ciel soudain fut rempli d'oiseaux. Tous peuples confondus. Faucons, pies, bergeronnettes, hiboux, guêpiers, freux, éperviers, hirondelles, chardonnerets. Chasseurs et proies mêlés. Tous filant au-dessus des eaux, si nombreux qu'ils masquèrent bleu du ciel. Leurs ombres glissant au sol, comme ombres de fugitifs nuages. Tous fuyant. Tous criant, piaillant, cacardant, gloussant, jacassant. Laissant Rousse interloquée, museau dressé alors qu'ils s'éloignaient puis disparaissaient. Poussés par peur plus puissante que danger de remous d'air au-dessus de Grand Fleuve.

Alors, comme lancés à leur poursuite, survinrent vent virulent, tempête, bourrasques, rafales soulevant poussière, feuilles mortes, brindilles, comme dense brouillard, nuée grise effaçant soleil, ciel et forêt. Hurlant comme multitude de loups, comme meute forçant sa proie, tonnant comme tonnerre grondant. Vrillant arbres comme fumée, brisant troncs, charpentes, branchages, déracinant vieux arbres de tant d'étés, de tant de pluies, de tant de ramages, feuilles vertes des printemps lumineux et feuilles brunes des automnes chargés de fruits, déracinant vieux arbres comme de rien, comme arbrisseaux, comme brins d'herbe. Vent si puissant que Rousse, bousculée de tous côtés, corps cinglé de mille aiguilles, aveuglée, respiration douloureuse, dut trouver précaire refuge derrière saillie rocheuse à peine plus haute qu'elle. Là, museau enfoui dans sa queue touffue, lovée, sourde, aveugle, terrifiée, elle attendit, submergée par rugissement de tempête, fracas d'arbres brisés, jetés à bas. Lueur du jour déclina, sans que cesse terrifiant fracas de vent. Longue nuit passa, sans que cessent hurlements assourdissants de vent.

Puis, au point du jour nouveau, aussi brusquement qu'elles avaient commencé, cessèrent rafales, s'évanouirent hurlements, se turent grondements, retomba poussière.

Alors, comme mâchoire de glace se refermant sur chair sensible du monde, vint dur froid, intense, vif, aiguisé. Rousse, naseaux et gorge comme brûlés par feu-glace, leva ses paupières. Tout autour, multitude d'arbres étaient à terre, ou brisés leurs troncs, arrachés leurs feuillages, enchevêtrées leurs ramures, comme piétinés par immense troupeau d'immenses buffles en furie écrasant savane herbeuse. Rousse se redressa avec peine, ressentant encore douloureux et épuisant méfait du poison kraken après tout ce temps immobile dans paralysant effroi. Rousse sentait terrible froid pénétrer lentement ses chairs, nouer muscles et durcir tendons. Rousse secoua sa fourrure grise de poussière.

Rousse frissonna. Rousse grelotta.

Rousse, qui était jeune renarde, n'avait jamais de toute sa vie connu froid si extrême. C'était comme si terrible tempête avait entraîné avec elle toute chaleur du sol et toute couleur du ciel, qui était uniformément gris. Et soleil était devenu livide lueur qui ne réchauffait plus ni ciel ni terre. Rousse se mit en marche, péniblement, en direction du couchant car telle était son habitude, telle son inflexible volonté. Sous ses pattes sol était dur comme roche, et froid comme glace. Diffus brouillard se formait de son souffle. Air était glacial, sol était glacial, soleil était glacial. Lumière était glaciale. Forêt silencieuse. Nul chant d'oiseau, nul crissement d'insecte, aucun son indiquant présence de créatures en maraude. Seule parfois, rompant lugubre silence, sèche détonation de bois éclatant, sève gelée.

Rousse, comme si froid tueur envahissait son esprit, submergeait ses pensées, pétrifiait sa volonté, ne savait plus que faire. Première fois depuis son lointain départ de Bois de Chet que Rousse ne savait plus comment échapper au piège qui se refermait lentement sur elle, ne savait plus où trouver courage de lutter, quelle ruse inventer pour sortir de ce très mauvais pas. Aucune ourse ne viendrait la sauver, aucun vieux corbeau ne viendrait la conseiller, aucun sanglier lui indiquer chemin à suivre, aucun gentil écureuil lui offrir pommes savoureuses. Rousse se sentait seule. Rousse se sentait perdue. Rousse doutait du sens de sa quête.

Rousse rejoignit berge de Grand Fleuve. Aussi loin que portait son regard d'aval en amont, ses eaux grises étaient immobiles sous ciel gris. Grand Fleuve était figé par épaisse glace. Longtemps, Rousse observa surface dure, sans relief, comme morte, des eaux. Parfois, s'allumaient brèves lueurs, comme flammes froides, puis s'éteignaient, puis brasillaient plus loin. Elle ne perçut aucun mouvement, aucun signe indiquant présence de prédateurs. Tueurs du fleuve devaient être captifs sous épaisse et incassable couche de glace.

Très loin, à peine perceptible au regard affûté de Rousse, liseré d'ombre, mince ligne sans couleur au-dessus de ligne des eaux, apparaissait autre rive.

Rousse, oubliant toute prudence, poussa soudain éclatant jappement de joie, tonitruant glapissement de victoire. Rousse soudain bondit sur ses pattes, ragaillardie, frémissante d'ivresse. Rousse soudain réalisa incroyable aubaine qui s'offrait à elle. Noirciel qui était Maître, Noirciel qui savait, prétendait que connaissances et sagesse patiemment accumulées étaient peu de chose face à chance et hasard de rencontre. Alors, oubliant fatigue, doute, douleur, griffes éraflant surface glissante de glace, jeune renarde intrépide, courageuse, ivre de joie, s'élança de toute sa vitesse, force et euphorie vers cette autre rive si longtemps inaccessible, si longtemps désirée.

Courut, courut, vola presque sur fleuve durci, ses eaux étant devenues inattendu, improbable passage.

Cœur battant à tout rompre dans sa poitrine.

Sans nul regard en arrière, car sinon trop grand aurait été son chagrin, trop prégnante sa nostalgie. Car Rousse en avait inexplicable intuition, sur rive du fleuve l'ayant vue naître et grandir, jamais elle ne reviendrait.

L'esprit

Rougeflamme

Je suis Rousse, je suis renarde. J'ai traversé Grand Fleuve. J'ai atteint autre rive. Sinon peuple d'air et de vent, peuple de plumes et de becs, qui d'autre ?

J'ai accompli ce que même Noirciel qui est Maître, qui sait, disait impossible. Je suis à présent maîtresse de ma vie. Mon esprit s'est ouvert. Je sais. Je comprends paroles de vieux corbeau. Sage. Sentencieux. Mots disent, mots racontent, mots expliquent. Mots inventent univers.

Je regarde autour de moi, j'écoute. Peuple des arbres, grands arbres, puissantes créatures, hautes ramures, denses feuillages. Bruissements du vent comme invisible troupeau traversant forêt, voix d'oiseaux saluant nouveau jour. Je sens dur froid relâcher son étreinte, chaleur revient, je le sens dans poitrine, os, pointes sensibles d'oreilles. Déjà couche de nuages s'effiloche, je vois bleu du ciel, lointain. Soudain, soleil apparaît et surface immobile de Grand Fleuve semble prendre feu. Terne glace étincelle, aveuglant, brûlant pupilles. Je sens effluves d'eaux libres. Craquements, grondements, longues fissures s'agrandissant, se rejoignant, brisant dure surface de glace.

Déjà trop tard. Retour n'est plus possible. Peu importe. J'ai traversé Grand Fleuve.

Je regarde glace brisée, comme chemin gris brisé, morceaux se percutant, se chevauchant, entraînés par fort courant de Grand fleuve. Peut-être ai-je vu juste. Peut-être long chemin gris traversait-il Grand Fleuve, bien longtemps auparavant et un jour se disloqua. Je ne comprends pas. J'imagine.

Longtemps je regarde. Pas de tristesse, pas de peine. Autre chose, autre sentiment. Terrifiante solitude, vide absolu et joie immense, comme lumière éclaire monde immense, comme proie échappe aux mâchoires de chasseur, comme source claire pour terrible soif. Je pousse long cri de renarde. Long aboiement plus fort que douleur, plus fort que joie, plus fort que peur. Je suis ici. Je suis vivante. Je suis Maîtresse renarde.

Je m'éloigne des berges, je n'oublie pas implacable danger krakodiles et krakens, je pénètre profonde forêt. Sans bruit, méfiante, vigilante. J'observe. Ombre brune et verte sous épaisses frondaisons de vieux, très vieux arbres. Ancêtres peuple des arbres. Grandes forces dans racines et troncs. Mousses sur troncs, mousses pendant des branches jusqu'au sol, comme brumes vertes, comme cascades figées. Certains de peuples inconnus. Encore plus grands que plus grands. Écorce rouge, cimes si hautes qu'invisibles, perdues tout là-haut où passent nuages voyageurs, peuples ailés migrateurs, soleil et lune. Je donne un nom, Rougeflamme, à ce peuple arbre, car rouges ils sont et droits comme flamme de feu s'élevant au ciel. Peut-être aussi vivent sur cette autre rive créatures mobiles inconnues de renarde. Créatures dangereuses, rapides, furtives, en attente d'une proie derrière un buisson, dissimulées dans pénombre verte. Ne faisant que bouchée de maigre renarde affaiblie. Je hume. Odeurs de feuilles pourrissantes et champignons. Odeur de chaleur qui croît avec lever du jour. Je hume, mais aucun fumet de prédateur proche, aucun fumet inconnu.

À présent chemin de blanches montagnes est ouvert, pourtant je ne le prendrai pas. Je préfère suivre vallée de Grand Fleuve. Je ne sais pas pourquoi. C'est chemin, direction, sens de marche. Énigme aussi. Noirciel qui est Maître, qui sait, ne connaît pas longueur de Grand Fleuve. Noirciel aurait aimé apprendre, aurait aimé savoir. Noirciel se demandait combien de lunes, de saisons, combien de vies peut-être pour atteindre fin de Grand Fleuve ? Et y a-t-il une fin ? Se jette-t-il dans encore plus grand fleuve, plus puissant, plus large ? Existe-t-il inimaginable océan ?

Peut-être pourrai-je connaître réponses à ces questions. Et si jamais je ne revois vieux corbeau et jamais ne peux lui transmettre connaissance nouvelle, ce sera malgré tout fierté d'avoir été dernière et préférée apprentie de Noirciel, vieux et sage corbeau aux plumes blanchies par si nombreuses saisons, si longue vie.

Faces Plates

Je marche. Des jours. Des lunes. Forêt ne semble pas avoir de limite. Géants Rougeflammes sont de plus en plus hauts, de plus en plus nombreux.

Pas de pluie, toujours forte chaleur qu'atténue ombre claire sous épaisse canopée. Nourriture suffisante, chasse fructueuse, musaraignes, lapereaux, grenouilles, et aussi pommes, noix, mûres dont Ombre, jeune et gai écureuil, me donna goût. Nombreux ruisseaux descendent vers Grand Fleuve. Je marche, suivant toujours pente. Un jour, je crois entendre gronder Brune. Brune toujours dans ma mémoire, comme chagrin et aussi comme joie. Je m'approche sans bruit. C'est énorme ours à robe brillante et noire, ours comme je n'ai jamais vu. Il savoure rayon de miel jaune comme rayon de soleil. Grondements sont grondements de plaisir, grognements de ventre qui se remplit. Un moment je désire m'approcher, faire connaissance, mais tout ours n'est pas Brune, grande amie. Je renonce.

Je marche. Jour après jour, je marche. Je sens toujours présence de Grand Fleuve. Parfois je m'approche de rive. J'aperçois autre rive. Mince ligne vert pâle. Parfois je pousse longue plainte. Je sais qu'elle ne franchit pas lit de Grand Fleuve.

Et un jour, sous-bois s'éclaircissent, et voici que finit Forêt Rougeflamme. Comme finissait Forêt Biscornue.

D'un coup, droite ligne d'un côté et d'autre. Devant c'est grande plaine d'herbes rares, maigres buissons, arbres malingres. Ce n'est pas Terres Brûlées. Je ne sens pas très étranges odeurs de Terres Brûlées, alors je m'avance. Noirciel qui est Maître, qui sait, m'apprit que mémoire, souvenirs, étaient puissants muscles de connaissance. Alors je me souviens, alors je marche aussi dans forêts et prairies de ma mémoire.

Très loin, je vois rondes collines boisées qui tremblent dans vibrations de chaleur, comme tremble surface des eaux sous légère brise.

Je marche, je trotte, car encore loin sont rondes collines et renarde rousse trop visible sur plaine nue. Ce n'est pas terre morte, mais terre malade. Soleil descend. Ombres s'allongent. J'aperçois des os. Squelette entier. Longues pattes arrière, plus courtes devant, doigts longs. Des dents, mais pas de museau, et pas de queue.

Je renifle. Très vieux os, pas d'odeur. Créature morte depuis si longtemps. Créature inconnue. Tous poils de fourrure se hérissent, je montre dents, je m'aplatis au sol, je glapis faiblement, je sens venir vague de terreur qui noie mon esprit. Je ne sais pourquoi. Et puis terrible peur reflue. Je me redresse. Je suis Rousse, j'ai survécu à Grand Loup, j'ai survécu à poison kraken, je porte enseignement de Noirciel, qui est Maître, qui sait. Mort enlève tout pouvoir au pire tueur.

Mort gagne toujours.

Avec bout de patte je touche os d'échine et squelette entier s'effondre, disloqué. Très, très vieux os de créature inconnue, morte depuis très très nombreuses saisons.

Je nomme vivants inconnus, Faces Plates.

Jour baisse. Je rencontre nombreux autres squelettes, tous de mêmes créatures, longs membres, face plate. Grande plaine à perte de vue en est couverte. Entiers, ou morceaux, ou réduits en poussière. Certains, plus petits, comme enfants de créatures inconnues. Je regarde autour de moi. Créatures tombées là si nombreuses, comme immense troupeau, multitude de vivants, tous frappés ensemble. Morts de je ne sais quoi. Mort incompréhensible. Feu, poison, maladie, venin, impensable prédateur? Je sens vague de terreur revenir. Je fuis. Je cours vers rondes collines.

Invincible lumière

Je marche sur dos de rondes collines, dans profonds vallons, à travers larges prairies. Jours passent, lunes passent. Saisons de longues nuits, hiver, saisons de jeunes feuilles, printemps, saisons de courtes nuits, été, saisons de fruits mûrs, automne. Encore et encore. Lit de Grand Fleuve si large à présent qu'autre rive disparue depuis longtemps, Grand Fleuve toujours plus puissant, plus rapide, plus tumultueuses ses eaux, plus infranchissables.

Je découvre nombreux vivants, mobiles ou immobiles, que je ne connais pas. Bufflebosse, piecouleur, arbrefougère, lézardéclair, pommesoleil, fleurliane. Je nomme dans ma mémoire. Je crois apercevoir tigre, ou léopard, passer au loin, robe jaune tachetée de noir, confondue à soleil et ombre des feuillages, et promptement disparaître comme s'il n'avait jamais existé. Mais je ne suis pas certaine et ne cherche pas à savoir. Vieille légende qu'il serait imprudent de vérifier, même pour studieuse apprentie.

Parfois je me sens vieille usée renarde, parfois si lasse que je ne peux plus avancer. Plus de courage. Je reste des jours au même lieu. J'arrange confortable tanière abritée des regards. Je chasse. Je me repose, car encore quelquefois je ressens poison kraken en moi. Fatigue soudaine et trouble, et confusion. Je pense à cette longue marche depuis si lointain Bois de Chet. Si éloigné par de si nombreux pas, si nombreuses lunes et saisons, que j'oublie jeune renarde qui naquit là-bas, vivait là-bas, croyait connaître tout du vaste monde, croyait connaître toutes créatures qui le peuplent. Si lointain, que j'oublie odeur même de Bois de Chet. Jeune renarde qui ne savait rien, insouciante et joyeuse. Dansant dans claire lumière. Parfois amitié me manque, solitude douloureuse comme soif, comme ventre trop longtemps vide.

Et puis s'évaporent sombres pensées, reviennent force et envie de marcher, m'enfoncer encore plus profond dans espace inconnu. J'avance, je m'éloigne de Bois de Chet, mais je ne sais pas de quoi je me rapproche.

Je suis au bord d'une haute falaise surplombant Grand Fleuve qui est immense serpent d'argent aux écailles scintillantes, éblouissement de clarté, serpent d'argent fort et libre ondulant dans plaine. Très loin je devine autre rive, autre monde à travers brume opaque et distance, rien de discernable, étendue de vert et de brun jusqu'au lointain effacé par nappe de chaleur.

Et puis, alors que soleil est au milieu de sa course, gloire et splendeur, soudain lumière semble diminuer. Je cherche nuage ou brume, mais ciel est limpide. Lumière diminue, je le vois. Ombres s'effacent. Oiseaux chanteurs, insectes crisseurs, tous soudain se taisent. Silence et frayeur. Soleil peu à peu avalé par Noir Chasseur, je le vois sans regarder. Grand Fleuve lentement s'éteint, vallée, forêt, tout s'assombrit. Nuit vient, nuit terreur. Épouvantable. Soleil entier disparaît dans cette immense gueule dévorante. Et puis, alors que pour toujours lumière meurt, abandonne pour toujours toutes créatures vivantes, je me souviens.

Je me souviens d'enseignement de Noirciel, qui est Maître, qui sait, et violent hurlement de joie éclate et jaillit de ma gorge. Car je sais. Bientôt soleil va revenir. Soleil éternel. Soleil que rien ne peut détruire. Invincible lumière. Ma joie résonne dans profond silence. Car je sais. Je comprends.

Et soleil déjà revient, et lumière et bientôt piaillements d'oiseaux et crissements de peuples des herbes. Et joie dans cœur de toutes créatures.

Ainsi, j'ai vécu ce que même très vieux corbeau n'avait jamais vécu. Avait seulement appris de longue lignée de Maîtres, perdue dans nuit des temps. Je pense à vieux corbeau, j'espère qu'il a vécu, lui aussi, victoire du soleil. J'espère que Noirciel qui est Maître, qui sait, est toujours de ce monde. Toujours curieux et vif esprit.

Feu

Hier enfin bienfaisante pluie est venue, redonnant éclat aux herbes et feuillages, redonnant éclat au bleu du ciel et vigueur aux vivants. Je trottine dans ombre fraîche des sous-bois. C'est saison nouvelles feuilles, saison longues nuits est passée, pourtant cette fois encore, grand froid ne vint pas. Ni neige, ni gel depuis traversée de Grand Fleuve.

J'entends terrible fracas venir de Grand Fleuve. Je m'approche. Ce sont profondes chutes, cataractes, brouillard et écume. Grand Fleuve gronde comme s'il avait échine brisée. Grand Fleuve rage et tonne et se jette dans grand vide. Je recule, pelage trempé, oreilles sourdes, je recule, car je sens effrayantes puissances. Vertige qui m'entraîne vers vide grondant.

Bientôt j'atteins rive d'étang bordé de roseaux, étang bleu comme ciel où voguent de blancs nuages poussés par fraîche brise. Friselis d'eau clapotent sur berge. Je bois longuement, eau fraîche et douce. Je me baigne, je nage, frissonnant de bonheur. Bandes de canards m'observent, courroucés par ma venue, nageant en rond à prudente distance. Je chasserais avec plaisir gras canards caquetant d'indignation, mais je sais qu'ils sont bien meilleurs nageurs que moi et course serait amusante mais vaine et je rejoins rive.

Je m'ébroue, fourrure rousse perlée d'eau. Je sens une présence derrière moi. Toute proche, indiscernable dans ombre bleu-vert d'aulnes et de saules. Mon échine se hérisse, je montre crocs, je gronde en sourdine. Je fais face au danger. Je reconnais fumet au moment où il se montre dans claire lumière. C'est mâle renard. Je gronde plus fort, prête à bondir, griffer et mordre et déchirer peau et muscles. Féroce et sans peur. Prête à me défendre. Il s'assoit, enroule sa queue touffue autour de ses pattes arrière et me regarde.

Yeux braqués sur moi. Immobile.

Je grogne. Il pousse légers jappements et s'allonge, tête droite, sans détourner regard.

Je sais ce que mâle veut. Prendre femelle, s'accoupler, se reproduire et abandonner femelle, ventre plein de semence renard, et qui grossit et qui gonfle tandis que croissent en elle futurs renardeaux. Je pense à Brune. Oursons de Brune dévorés par horde de loups. Tous, Automne, Châtaigne et Miel. Et grande tristesse de Brune.

Je ne veux pas.

Renard ne bouge pas. Ne bondit pas sur moi, ne mord pas mon échine en m'écrasant de son corps. Renard attend.

Je m'assieds. J'enroule mes pattes de ma queue touffue.

Je sens son odeur, comme fruit sucré, comme herbe chauffée au soleil, comme sève bouillonnante répandue. Quelque chose gémit en moi. Quelque chose appelle. Palpite et cogne fort cœur de stupide renarde.

Il ne bouge pas. Me regarde, yeux jaunes, brillants, flammes qui brûlent et éveillent sensations inconnues en moi. Au plus profond de moi.

Selon vieux et sage corbeau, instinct de vie plus fort que vivant. Désir de vie plus fort que volonté. J'entends appel enivrant de toute création, halètement des beaux habitants de cet univers, je vois longue succession des générations qui peuplent terre, air et eau, qui peuplent monde vivant.

Je me redresse. Renard se redresse.

C'est Feu. Il m'a vue danser alors que soleil mourait. Il a entendu hurlements joyeux sortir de ma gueule alors que jour se faisait dévorer par nuit. Il admirait mon courage alors que tous tremblaient d'épouvante, jetés à terre. Et quand revint invincible soleil, quand pattes molles et tremblantes voulurent bien le porter à nouveau, il décida de suivre admirable renarde venant de loin. Courageuse et flamboyante renarde. Feu me suit depuis ce jour en restant à couvert, marchant contre vent. Depuis ce jour Feu veut me connaître, mais n'osait approcher.

Feu est élégant et digne renard.

Feu attend. C'est tendre renard.

Je ne résiste plus. Je déteste soudain si longue marche solitaire.

À présent, je veux.

Feu sera géniteur des premiers enfants de Rousse, bientôt mère renarde.

Ainsi marche du monde.

Brune, Ombre, Cœurfier

Brune, Ombre, Cœurfier, boules grises venues de mon ventre et pendues à mes mamelles, boules chaudes nourries de mon lait, boules de sensations qui font battre mon cœur.

Nous avons trouvé profond terrier de clan blaireau creusé entre racines de jeune Rougeflamme. Terrier très spacieux, nous ne dérangeons pas, blaireaux nous acceptent. Pères et mères blaireaux connaissent anciens usages. Sagesse et partage.

Feu chasse et dépose proies encore chaudes devant entrée du terrier pour que je fabrique rouge sang et blanc lait. Pour que grossisse et grandisse magnifique portée enfouie dans ma fourrure.

À présent, plus de marche vers aval, plus de découverte du monde. Monde est tout entier au fond de ce doux et protecteur abri de terre entre rouges racines, qu'ingénieux et accueillants blaireaux creusèrent de leurs fortes griffes. Monde est tout entier dans jeunes créatures aux yeux encore clos, à bonne odeur vivante. Renardeaux que grand et profond mystère déposa dans doux et protecteur abri de mon ventre.

Nous sommes restés, Feu et moi, et tendres renardeaux, sur ce territoire qui est territoire de Feu depuis toujours, qui est Blanches Falaises. À peu de distance de Grand Fleuve. Ici, krakodiles et krakens ne viennent pas, ne peuvent franchir vertigineuses cataractes en amont, et au soir, nombreux vivants viennent boire sur blanche berge. J'ai vu vivants énormes, longues dents pareilles à cornes de buffle, grandes oreilles, long nez se tordant en tous sens, peau nue comme argile craquelée. Créatures grises gigantesques s'ébrouant dans courant de Grand Fleuve, eau jaillissant de leur long et souple nez, comme averse. Créatures paisibles, mangeuses d'herbes et feuillages qu'elles cueillent de leur nez. Ce sont alifants. Je voudrais connaître alifants, mais n'ose pas approcher.

Renardeaux grandissent et croissent, renardeaux changent peu à peu de couleur, deviennent roux comme père et mère. Renardeaux tètent, dorment, jouent, bataillent et chassent et prennent Rousse pour colline à gravir, proie à mordiller. Et tètent encore et maltraitent mamelles toujours gonflées, endolories.

Jours passent. À présent, Brune, Ombre, Cœurfier mangent petites proies qu'apporte Feu. Dents minuscules déchirent muscles et tendons, rouges langues lapent rouge sang. Feu n'approche pas, Feu nourrit, protège mais n'approche pas, telle est coutume renarde.

Mais déjà, renardeaux veulent explorer vaste monde. Renardeaux chassent véloces escargots et dangereuses pommes pourries. Brune et Cœurfier apprennent vite traque et course, Ombre plus lent, moins agile et si tendre. Renardeaux courent en tous sens, n'obéissent pas. J'attrape chacun par fragile cou et les ramène au fond du terrier. Épuisés, ils s'endorment.

Je lèche leur fourrure, douce comme miel. Je sens leurs odeurs, comme fleurs de tilleul, comme tiède terre humide. Je sens mon cœur battre. Comment ne pas sentir forte joie, bouleversante joie, d'avoir donné forme à tant de grâce, d'avoir donné vie à tant de vie.

Je comprends amie ourse Brune, je comprends douleur de perte plus violente que noire mort. Je voudrais qu'amie ourse soit là. Peut-être sait-elle comment ne pas trembler quand enfants s'éloignent trop, quand enfants sautent haut rocher, reniflent baies poisons, quand au loin hurlent prédateurs affamés, quand au ciel tourne lentement aigle à vue perçante, à bec acéré.

Noirciel qui est Maître, Noirciel qui sait, dit notre existence fragile et brève comme jour, mais force de vie dure et solide comme temps.

Je chasse. Je danse enfants qui grandissent. Je danse enfants qui m'échappent. Mamelles se tarissent et renardeaux toujours affamés. Feu chasse du matin au soir, Feu apporte nourriture. Feu maigrit, mais admire voraces renardeaux qui apprennent art de chasse.

Chaleur augmente. Brume souvent s'élève de Grand Fleuve. Voici saison de courtes nuits. Voici temps de séparation.

Brune part. Cœurfier part. Ombre hésite, traîne alentour, comme s'il voulait rester renardeau. Puis Ombre disparaît.

C'est fin de mère renarde. Et mon cœur saigne.

Écorce de Hêtre

Et puis désir est revenu. Avancer, avancer, découvrir, apprendre. Désir est revenu, comme insidieuse faim, comme desséchante soif. Je vais souvent regarder courant de Grand Fleuve glisser en aval, glisser en direction du couchant. Se perdre dans lointains inconnus, lointains à découvrir. Je hume. Bonne odeur de vent, eau, vase, poissons, terre humide, roselière. Bonne odeur de soleil reflété sur Grand Fleuve. Vent porte nouvelles d'autres mondes, vent est comme forme invisible du monde, langage bruissant du monde.

Je pense. Je sens mes pattes qui tremblent. Je sens mon cœur qui cogne. Je hurle. Long cri qui rebondit sur brillantes eaux.

Crépuscule résonne des voix de toutes créatures. Viennent boire, viennent goûter fraîcheur qui monte de Grand Fleuve après journée torride. Pas de chasse, pas de proie, pas de prédateur. Anciennes trêves sont respectées devant eaux réparatrices. Noirciel qui est Maître, qui sait, disait que loi est comme air et eau, plus nécessaire que nourriture.

Feu vient parfois me rendre visite. Feu ne comprend pas désir de partir, désir de courir monde inconnu. Feu est doux et aimable renard ayant toujours vécu dans forêts de Blanches Falaises. Feu me rappelle quand j'étais Rousse de Bois de Chet. Rousse qui aimait ses collines, qui aimait ses amis, qui aimait arbres et moindres fleurs écloses dans prairies et vallons. Rousse qui ne savait pas combien monde est vaste, sans limite, combien nombreux, bizarres, variés vivants qui le peuplent. Combien captivant d'apprendre.

Je pense souvent à mes petits renardeaux devenus beaux et solides adultes. Je croise parfois Ombre, qui n'a pu partir plus loin qu'à une journée de marche. À quelques pas nous nous saluons. Je sens sa bonne odeur d'Ombre. Jamais n'aperçois Brune ou Cœurfier. Ils sont établis ailleurs, sur flancs d'autres collines, au fond d'autres bois. Ils sont établis dans mémoire de Rousse.

Je revois harde des alifants sur rive de Grand Fleuve. Femelles et jeunes jouent dans clair courant. S'aspergent, se roulent dans grasse boue, mères et enfants. J'observe, je hume leur joie. Leur nez ressemble à trompe de papillon, à trompe de moustique. Grande alifante remonte sur berge. Elle me regarde. Ses immenses oreilles battent, je sens mouvement d'air jusqu'à moi. Nez-trompe se dresse entre terrifiantes dents pareilles à cornes de buffle. Alifante grande et puissante. Alifante debout sur terre comme arbre aux racines profondes, comme colline immuable. Créature dangereuse, rapide, forte, résolue. C'est trêve de soif, pourtant je sens mon échine parcourue de frissons, je sens oreilles se coucher. Que pèse renarde devant alifante ? Papillon, moustique, infime puceron. Rousse s'écrase contre terre.

Et soudain peur me quitte et je me relève et alifante baisse sa grande trompe. Je ne sais pas pourquoi, je n'ai plus peur. Regards se croisent, regards se fixent. Ses yeux sont jaunes, comme deux châtaignes sortant de même bogue, ses yeux sont lumière et sagesse. Alors, je comprends.

C'est Écorce de Hêtre. Qui est Maîtresse, qui sait.

Écorce de Hêtre est très vieille éléphante, car c'est ainsi que se nomme peuple de géants. Écorce de Hêtre et sa harde viennent de loin, territoire savane vers lointain couchant, jours et jours de marche en longeant fort courant de Grand Fleuve. C'est Sève Bleue pour peuple éléphant. Territoire savane, c'est Herbes Longues.

Écorce de Hêtre se souvient, sa mémoire est comme une longue marche en arrière, comme remonter cours du fleuve. Fleuve long, très long, trop long même pour Écorce de Hêtre, qui est Maîtresse, qui sait. Il s'amenuise, ses berges se resserrent, son lit se perd dans brumes vaporeuses, se perd dans lointain, disparaît dans nuit.

Source est à jamais oubliée, introuvable, invisible. Source était là avant vivants mobiles et immobiles sous brillant soleil. Fleuve coulait avant que vivants le voient, qu'oreilles l'entendent. Fleuve était là avant que naisse soif.

Ce n'est pas Sève Bleue, c'est fleuve plus ancien, plus long, plus puissant, Sève Bleue à côté est mince ruisseau coulant sur tendre mousse.

C'est Fleuve du Temps.

J'apprends.

Écorce de Hêtre qui est Maîtresse, qui sait, et toute sa harde reprennent leur marche. Rejoignent territoire Herbes Longues. Nombreuses éléphantes et éléphanteaux, pas de mâles. Feuillage de Peuplier, Racine de Figuier, Écorce de Chêne, Fleur de Châtaignier, telles sont éléphantes du clan.

Écorce de Hêtre veut que je vienne avec elles. Je suis Rousse, je suis renarde. Je suis libre créature.

J'accepte.

J'étais élève de Noirciel, qui est Maître, je serai élève d'Écorce de Hêtre, qui est Maîtresse.

Eux savent, eux enseignent.

Flamme Froide

Longue marche, des jours et des jours. Écorce de Hêtre, qui est Maîtresse, qui sait, toujours ouvre marche, toujours connaît meilleur chemin, ligne plus droite quand Grand Fleuve serpente entre collines. Suivent éléphantes et progéniture, joyeuse et drôle, mais plus obéissante que renardeaux. Mères calmes et déterminées avancent en se suivant, sol tremble sous leurs pas. Parfois toutes s'arrêtent et poussent tonitruants barrissements. Nous sommes-là ! Puissantes créatures ! Pas de crainte !

Et reprennent marche, infatigables, calmes, se suivant. Je trotte au côté d'Écorce de Hêtre. Je m'éloigne parfois, je chasse nourriture renarde que peuple éléphant n'a pas à connaître. Feuillage de Peuplier cueille pomme-soleil avec sa trompe et me la donne. Je mords, c'est âpre, c'est amer comme fiel, et puis vient jus doux et sucré, jus joyeux qui pétille dans mon museau et coule dans ma gorge. Je danse, je danse Danse d'Abondance. Je danse Danse Feuillage de Peuplier qui est amie.

Vient saison des fruits mûrs, nous marchons toujours, nous suivons piste que suit Écorce de Hêtre, guide de harde.

Nous rencontrons haute falaise sombre. Roche lisse, grise, me rappelle matière chemin gris. Tout autour, terres brûlées, terres mortes. Au-dessus, comme lourde vapeur, brume lentement s'agite.

Écorce de Hêtre, qui est guide, n'approche pas. Même peuples du ciel ne s'aventurent pas au-dessus de brumes mouvantes. Roche sombre, solide, dure, impossible à abattre même pour harde puissante.

Nous ne nous approchons pas. Nous contournons étrange falaise, roche et faraille. Nous contournons terres mortes.

Harde silencieuse, pas de barrissements joyeux et puissants. Toutes, éléphantes et renarde, têtes basses. Éléphanteaux inquiets se serrent contre robustes mères, se cachent sous leur ventre, entre leurs pattes.

Nous pénétrons dans profonde forêt, bientôt falaise et terres mortes disparaissent dans épaisseur des bois.

Nous avançons.

Quand nuit est noire, je regarde en arrière et vois au loin, là où doit se trouver lieu étrange, s'élever lueur comme pâle soleil bleu, lueur qui tremble et vibre comme lent tourbillon.

Je regarde. Lueur parcourue de vagues me fait penser aux feux qui dansent parfois sur surface verte des marais.

Nuit est chaude, sans lune. Nuit est douce et limpide. Brillent étoiles comme lucioles consolatrices. De pâle et dure lumière est cette lueur qui flotte et vibre dans profondeur de ténèbres.

Écorce de Hêtre vient me rejoindre. Grande créature à côté de petite créature et pourtant je sens éléphante et Rousse comme sœurs, comme semblables et minuscules sous immense nuit.

Ce que regarde renarde, qui s'échappe du lieu interdit, se nomme Flamme Froide. Écorce de Hêtre sait, lieu de douleur et de mort. Flamme Froide, lieu maudit.

Noirciel le nommait Rongemork en langage corbeau. Oui, Noirciel qui est corbeau sait, et Écorce de Hêtre qui est éléphante sait. Blessures sur peau de vivante terre, poison dans sa chair, comme trace blanche sur fourrure rousse de renarde. Sécheresse et tempêtes, étranges lueurs, lieux interdits, créatures difformes, elle a vu, collines rongées, forêts rasées, os de Faces Plates couvrant immense plaine, elle a vu.

Mais Écorce de Hêtre connaît aussi vastes et belles et profondes forêts ondulant sous douce brise, elle connaît terres mortes que mousses et lichens, brins d'herbe, minuscules graines viennent lentement reverdir, elle connaît multitude créatures de terre, des eaux ou des airs, prédateurs et proies, mangeurs d'herbe ou mangeurs de viande, qui vivent en bonne entente, selon leurs coutumes.

Elle connaît arbres plus vieux que nous tous, offrant feuillage et fruits sans compter.

Terre est créature immense, puissante vivante, terre est guérisseuse, terre est ventre fécond de multitude de peuples.

Alors Écorce de Hêtre garde confiance et espoir.

Herbes Longues

Longtemps harde et renarde ont marché sous brûlant soleil. Des jours, des lunes, des saisons et voici que nombreuses années se sont écoulées. Éléphanteaux grandissent, éléphanteaux ne peuvent plus se glisser sous grands corps protecteurs des mères.

Nous traversons forêts, nous gravissons collines et franchissons rivières, parfois juste filet d'eau entre pierres. Toujours en direction du soleil couchant, toujours longeant lit du fleuve. Je découvre peuples nouveaux, mobiles et immobiles. Écorce de Hêtre indique chemin sinueux menant au territoire Herbes Longues. Long chemin.

Mamelles de mères éléphantes peu à peu tarissent.

Nous marchons et horizon toujours aussi lointain. Terre semble ne pas avoir de fin.

Écorce de Hêtre qui est Maîtresse, qui sait, enseigne. Terre est suspendue dans vaste ciel comme étoiles, soleil et lune. Comme eux, terre tourne et tourne et tourne toujours, comme ombre tourne chaque jour. C'est formidable et captivant mystère, pour Maîtresses, Maîtres et toutes créatures pensantes.

Et puis, alors que revient encore saison de fruits mûrs, nous atteignons territoire Herbes Longues, sur rives de Grand Fleuve aux berges de sable. Considérable territoire, plaine et collines, très lointaines montagnes à peine visibles, bleues dans bleu du ciel. Un instant, je regrette montagnes qui touchent ciel et nuages, mais regret s'évanouit comme rosée du matin. Car suivre Grand Fleuve était magnifique et enrichissante aventure.

Claires forêts et savane jusqu'au lointain horizon, herbes vertes et jaunes ondulant sous caresse du vent, comme fourrure épaisse. Comme une immense créature dormant sous étincelant soleil.

Harde aime vivre dans vaste savane aux longues herbes caressantes, harde aime brûlante chaleur. Je préfère parcourir forêt aux grands arbres ombreux. Harde rejoint nombreuses familles d'éléphants dispersées partout sur territoire Herbes Longues. Je retrouve solitude renarde, mais dans ma mémoire resurgissent nombreuses rencontres sur cette si longue route. Mémoire de Rousse peuplée comme terre d'abondance, comme bord du fleuve quand vient trêve au crépuscule. Je me souviens. Je tremble et je ris. Se souvenir est comme rêver yeux ouverts.

Voici qu'Écorce de Hêtre vient me chercher. Je ne l'ai pas revue depuis de nombreux jours. Écorce de Hêtre est dame importante pour créatures qui habitent Herbes Longues. Elle donne avis, prodigue conseils, apaise conflits et toujours cherche justes solutions quand mortelle guerre parfois éclate entre peuples, clans, tribus de savane.

Je la suis. Nous marchons côte à côte sous chaud soleil. Longues herbes ondoient et j'avance gaiement en compagnie de grande et savante éléphante qui est fidèle et inestimable amie.

Apparaît au loin, frondaison déployée sur plaine sans fin, arbre solitaire, arbre immense. Nous approchons. Arbre magnifique, créature belle et majestueuse. Branches basses touchent terre, et houppier se balance très haut dans azur. Feuillage comme profonde forêt où chantent et piaillent multitude d'oiseaux, où nichent écureuils, musaraignes, hiboux, belettes, toutes créatures des arbres.

Racines sont plantées en terre comme de robustes griffes.

Sous son ombre, nous sommes comme minuscules créatures qui viennent à peine de naître.

C'est très vieux hêtre. Hêtre vénérable. Plus vieux vivant sur cette terre.

Voici d'où vient nom d'éléphante, Écorce de Hêtre.

Alors, Écorce de Hêtre, qui est Maîtresse, qui sait, enseigne.

Quand très vieux hêtre n'était que mince baliveau à peine sorti de sa graine, peuple des Faces Plates vivait partout sur terre. Peuple puissant, chasseur prédateur. Peuple destructeur. Faces Plates occupaient monde entier et dévoraient toutes autres créatures. Tuaient peuples de terre, airs et eaux. Brisaient roches, creusaient montagnes, asséchaient rivières, détournaient fleuves, rasaient forêts, brûlaient plaines.

Certains disent qu'ils voulurent même posséder ciel et étoiles.

Mais un jour, alors que vieux hêtre était encore jeune arbre, peuple des Faces Plates, malgré son immense puissance, malgré solides tanières, malgré faraille, malgré savoir et pouvoir, disparut comme poussière au vent, comme rides sur étang. Comme rosée sous brillant soleil.

Disparut sous violent feu tombé du ciel, feu foudre, foudre soleil, qui brûle roches et vivants.

Disparut dévoré par maladies étranges, invisibles poisons.

Disparut entre-dévoré, massacres et famines.

Personne ne sait. Aucun Maître, aucun sage.

Et os blancs couvrent plaine. Et arbres biscornus et créatures difformes. Terres Brûlées, Terres Mortes,

Rongemork, Flamme Froide. Blessures et souillures seules restent de ce peuple qui voulut être maître du monde et de toutes créatures de sève et de sang qui naissent et croissent sur terre.

Voici très anciennes légendes, fragments d'histoires qui sont mémoires des vivants, depuis multitude d'années, depuis très longues lignées d'éléphants, très longues lignées de corbeaux et de toutes créatures qui savent. Très longues vies d'arbres.

À présent, Rousse qui est renarde, sait. À présent, Rousse est Maîtresse. Mais apprendre n'est jamais fini, apprendre est sinueux chemin qui se poursuit jusqu'au dernier jour.

Rousse doit partir, Rousse doit continuer chemin et continuer histoire.

Tel est le dit d'Écorce de Hêtre, qui est Maîtresse, qui sait.

L'existence

Eau amère du monde

Alors, moi, Rousse, qui suis Maîtresse, qui sais, j'ai repris direction du couchant. J'ai repris mon voyage solitaire longeant Grand Fleuve.

Longtemps j'ai marché. Jours, saisons, années passaient comme s'écoule eau du fleuve, suivant pente.

J'ai traversé immenses forêts, plaines qui semblaient ne jamais finir.

J'ai vu forêts aux feuillages multicolores et c'étaient multitudes de papillons posés sur des arbres depuis longtemps morts et desséchés qui s'envolèrent à mon approche.

J'ai vu troupeaux de buffles si nombreux qu'ils recouvraient toute terre jusqu'au lointain, des jours et des jours dans une tempête de poussière voilant jusqu'au ciel.

J'ai vu, alors que soleil brillait fort dans ciel sans nuages, neige rouge tomber de nulle part et tout recouvrir puis très vite disparaître sans laisser de trace.

J'ai vu de hautes collines tranchées comme par griffes aiguisées de créature monstrueuse qui me rappelèrent très lointain Vallon du Tigre.

J'ai vu chemin gris passant par-dessus large rivière.

J'ai vu, par noire nuit sans lune, peuple des étoiles tourner, tourner de plus en plus vite, tels tourbillons de Grand Fleuve, et disparaître, et lentement renaître du rien.

Grand Fleuve est si large que parfois de violents orages se déchaînent loin au-dessus de son lit et puis s'éteignent sans atteindre berge. Et sécheresse dure.

Peu à peu argile laisse place au sable.

Je suis à présent vieille renarde aux pattes vite fatiguées et à qui proies échappent trop souvent.

Je m'arrête fréquemment, afin de reposer mon corps, mais toujours vient temps de reprendre route. Toujours revient désir de marcher museau au vent, yeux grands ouverts et esprit alerte.

Depuis de nombreux jours, je marche sous sombres et fraîches frondaisons de grands chênes-lièges à écorce épaisse comme peau d'éléphant. Dense canopée, mais clair sous-bois, lumineuse et agréable protection contre brûlant soleil.

Vent apporte ce matin étrange odeur, verte et piquante comme fruit acide, odeur humide et forte comme vivant marécage.

Je dilate naseaux, je lèche babines pour mieux sentir ce parfum inconnu. Je ne sais pas pourquoi, je ressens envie de danser, je sens mon cœur bondir joyeux entre mes côtes.

Ombres mouvantes et fugitives de grands nuages passent, poussées par force du vent.

Forêt s'éclaircit. Pins aux troncs élancés remplacent peu à peu grands chênes.

J'entends battre sourd grondement, comme orage lointain, comme vent soufflant à travers fûts des pins, comme ample respiration d'univers. Je ne sais plus si c'est joie ou terreur qui mord mon cœur, mais je pousse long cri de victoire, comme après difficile course gagnée, comme après chasse fructueuse, et je m'élance.

Je cours. Je gravis pente sableuse qui se creuse et s'éboule sous mes pattes. Je cours, je traverse large étendue de dunes parsemées de genêts, buissons jaunes vibrant dans intense lumière.

Et soudain, je vois.

Ce que ni Noirciel ni Écorce de Hêtre n'ont vu.

Là où Grand Fleuve finit.

Là où se termine terre.

Là où commence mer bleue des mondes.

Je m'assieds. Sable est encore tiède de chaleur du jour. J'enroule ma queue touffue autour de mes pattes. Je sens cette odeur salée comme sang et qui est odeur de mer vivante. Je regarde ondulantes vagues bordées d'écume verte et blanche déferler sur rive sableuse, déferler et déferler encore depuis multitudes d'années, depuis bien avant ours, loups, blaireaux, écureuils, corbeaux, éléphants, papillons, renards. Bien avant chênes, pins, frênes, saules, bouleaux, noisetiers, herbes longues, champignons et mousses, et lichens.

Bien avant toutes créatures sur cette terre.

Eau amère du monde.

Je regarde, tous sens en éveil, mer immense qui scintille jusqu'au lointain horizon courbe où monde s'achève. Mer immense comme vivante chair parcourue de frissons. Mer immense comme ciel descendu sur terre.

Là, sur grève de sable et sel, s'achève long voyage de Rousse, qui est vieille renarde, qui est Maîtresse, mais ne sait presque rien, car si vaste est ce monde, et innombrables merveilles qui le peuplent. Un jour viendra créature que, parmi toutes créatures, je prendrai à mon tour pour élève. Je lui apprendrai si peu que je sais et alors j'aurai accompli ce que je devais accomplir.

Je suis vieille vivante, un jour viendra dernier prédateur, celui que nulle créature, même puissante, même forte, même vaillante combattante de griffes et dents, courage et ruse, ne peut vaincre.

Et tout sera dit. Je suis Rousse, je suis renarde et je n'ai pas peur.

TRISTRAM

CATALOGUE

janvier 2024

Corinne Aguzou
La Révolution par les femmes
Printemps
Les Rêves de l'Histoire

Nina Allan
Complications
Stardust
La Course
La Fracture
Le Créateur de poupées
Conquest

Les Alligators souriants – Voix d'écrivains
(disque compact hors commerce)

Thomas André
L'Avantage

Kenneth Anger
Hollywood Babylone (édition de luxe)

Association de malfaiteurs : 30 ans d'édition indépendante
(anthologie)

J.G. Ballard
La Foire aux atrocités
Millénaire mode d'emploi
Sauvagerie
Nouvelles complètes (en trois volumes)

Lester Bangs
Psychotic Reactions & autres carburateurs flingués
Fêtes sanglantes & mauvais goût
Lester Bangs : mégatonnique rock critic, biographie par Jim DeRogatis

Samuel Beckett
Solo, par David Warrilow (disque compact)

Mehdi Belhaj Kacem
Cancer
1993
Vies et morts d'Irène Lepic
L'Antéforme
Esthétique du chaos
Society
L'Essence n *de l'amour* (coédition Fayard)
Événement et répétition
L'Affect
eXistenZ

Maud Berthomier
Encore plus de bruit :
l'âge d'or du journalisme rock en Amérique

Pierre Bourgeade
Les Âmes juives
Warum
L'Éternel Mirage
L'Horloge
Les Boxeurs
Les Comédiens
Ramatuelle
Rêves de femmes, illustré par Willem
Le Diable
Éloge des fétichistes

Stewart Brand
L'Horloge du Long Maintenant
Discipline pour la planète Terre

Lenny Bruce
Irrécupérable

William S. Burroughs
Le Porte-lame

Catullus, petit chien, par Auxeméry

Vincent Colonna
Yamaha d'Alger
Ma vie transformiste
Autofiction & autres mythomanies littéraires

Charles Dickens
De Grandes Espérances

Isidore Ducasse
Poésies

Louis Dumur
Un coco de génie

Sylvie Durastanti
Sans plus attendre
Nous Deux roman-photo, et autres écrits pour Jean Eustache

Maurice Girodias
Président Kissinger

Pavel Hak
Safari
Sniper
Lutte à mort

Bernard Hœpffner
Portrait du traducteur en escroc

Denis Infante
Rousse ou *Les beaux habitants de l'univers*

Les Vies parallèles de Jack Kerouac
biographie par Barry Gifford & Lawrence Lee

Celia Levi
Les Insoumises
Intermittences
Dix yuans un kilo de concombres
La Tannerie

Hubert Lucot
Le Grand Graphe
(roman mural, tapisserie de 12 m^2)
accompagné du livre *Le Graphe par lui-même*
Le Gato noir

Onuma Nemon
Ogr

Valère Novarina
Le Discours aux animaux I et *II (L'Animal du temps /L'Inquiétude)*
par André Marcon (double disque compact)

Edgar Allan Poe
Eurêka

Jackson Pollock
biographie par Steven Naifeh & Gregory White Smith

Ezra Pound
Je rassemble les membres d'Osiris
Henri Gaudier-Brzeska
(sculptures photographiées par Christian Roger)

Julián Ríos
Nouveaux Chapeaux pour Alice
Chez Ulysse
Cortège des ombres
Quichotte & Fils
Monstruaire
Pont de l'Alma

Maurice Roche
Compact (version originale en 7 couleurs)
Compact, lu par l'auteur (disque compact)
Mémoire

Alain Julien Rudefoucauld
Le Dernier Contingent
Une si lente obscurité

Lydie Salvayre
Famille

Princesse Sapho
Le Tutu

Arno Schmidt
Histoires
Vaches en demi-deuil
Tina ou de l'Immortalité suivi de
Arno à tombeau ouvert, monographie par Claude Riehl
Le Cœur de pierre
On a marché sur la Lande
Cosmas ou la Montagne du Nord
Goethe et un de ses admirateurs
Alexandre ou Qu'est-ce que la vérité ?
Scènes de la vie d'un faune
Brand's Haide

Patti Smith
La Mer de Corail
(photographies de Robert Mapplethorpe, Lynn Davis et Edward Maxey)
Corps de plane, écrits 1970-79
Piss Factory 96 (disque compact hors commerce)

Laurence Sterne
La Vie et les opinions de Tristram Shandy
Le Roman politique
Un voyage sentimental suivi du *Journal à Élisa*

Robert Louis Stevenson
L'Île au Trésor

Whit Stillman
Les Derniers Jours du disco
Amour & Amitié

Hunter S. Thompson
Parano dans le bunker
Dernier Tango à Las Vegas
Nouveaux Commentaires sur la mort du Rêve Américain
Hunter S. Thompson : journaliste & hors-la-loi, biographie
par William McKeen

Mark Twain
Les Aventures de Tom Sawyer
Aventures de Huckleberry Finn
N° 44, le Mystérieux Étranger
L'Autobiographie de Mark Twain : Une histoire américaine
L'Autobiographie de Mark Twain : L'Amérique d'un écrivain

William T. Vollmann
Décentrer la Terre – Copernic et les révolutions des sphères célestes
Le Livre des violences
Le Roi de l'Opium et autres enquêtes en Asie du Sud-Est
Fukushima : dans la zone interdite
Tout le monde aime les Américains
et autres enquêtes en Afrique et dans le monde musulman

souple ÉDITIONS TRISTRAM

n° 1 **Laurence Sterne** – *La Vie et les opinions de Tristram Shandy*
n° 2 **Mark Twain** – *Les Aventures de Tom Sawyer*
n° 3 **Joyce Carol Oates** – *De la Boxe*
n° 4 **Hunter S. Thompson** – *Le Marathon d'Honolulu*
n° 5 **Lester Bangs** – *Psychotic Reactions & autres carburateurs flingués*
n° 6 **J.G. Ballard** – *Sauvagerie*
n° 7 **J.G. Ballard** – *Vermilion Sands*
n° 8 **Céline Minard** – *Bastard Battle*
n° 9 **Mark Twain** – *Aventures de Huckleberry Finn*
n° 10 **William T. Vollmann** – *Fukushima : dans la zone interdite*
n° 11 **Patti Smith** – *La Mer de Corail*
n° 12 **Kenneth Anger** – *Hollywood Babylone*
n° 13 **Alain Julien Rudefoucauld** – *Le Dernier Contingent*
n° 14 **Pierre Bourgeade** – *Les Âmes juives*
n° 15 **Arno Schmidt** – *Scènes de la vie d'un faune*
n° 16 **William McKeen** – *Hunter S. Thompson : journaliste & hors-la-loi*
n° 17 **Celia Levi** – *Les Insoumises*
n° 18 **Patti Smith** – *Les Années 70 : premiers écrits*
n° 19 **Lester Bangs** – *Fêtes sanglantes & mauvais goût*
n° 20 **J.G. Ballard** – *La Foire aux atrocités*
n° 21 **J.G. Ballard** – *La Bonté des femmes*
n° 22 **Pierre Bourgeade** – *Ramatuelle*
n° 23 **Pierre Bourgeade** – *Venezia*
n° 24 **Mark Twain** – *N° 44, le Mystérieux Étranger*
n° 25 **Nina Allan** – *Complications*
n° 26 **J.G. Ballard** – *La Face cachée du soleil*
n° 27 **J.G. Ballard** – *Super-Cannes*
n° 28 **Arno Schmidt** – *Histoires*
n° 29 **Leonard Gardner** – *Fat City*
n° 30 **Nina Allan** – *Spin*
n° 31 **Mehdi Belhaj Kacem** – *Artaud et la théorie du complot*
n° 32 **Princesse Sapho** – *Le Tutu*
n° 33 **Bernard Wallet** – *Paysage avec palmiers*
n° 34 **Kenneth Anger** – *Retour à Babylone*
n° 35 **Arno Schmidt** – *Le Cœur de pierre*
n° 36 **Mehdi Belhaj Kacem** – *Vies et morts d'Irène Lepic*
n° 37 **Éric Losfeld** – *Endetté comme une mule*
n° 38 **J.G. Ballard** – *Le Rêveur illimité*
n° 39 **J.G. Ballard** – *Le Jour de la création*
n° 40 **Pavel Hak** – *Sniper*
n° 41 **Jane Austen** – *Lady Susan*
n° 42 **Nina Allan** – *Stardust*
n° 43 **Nina Allan** – *La Course*
n° 44 **Celia Levi** – *Dix yuans un kilo de concombres*
n° 45 **Celia Levi** – *Intermittences*
n° 46 **Celia Levi** – *La Tannerie*

SOUPLE JEUNESSE

n° 1 **Mark Twain** – *Les Aventures de Tom Sawyer*

n° 2 **Mark Twain** – *Aventures de Huckleberry Finn*

SOUPLE DELUXE

n° 1 **Mark Twain** – *Les Aventures de Tom Sawyer*

n° 2 **Joyce Carol Oates** – *De la Boxe*

n° 3 **Patti Smith** – *La Mer de Corail*

n° 4 **J.G. Ballard** – *Sauvagerie*

n° 5 **Mark Twain** – *Aventures de Huckleberry Finn*

n° 6 **Lester Bangs** – *Psychotic Reactions & autres carburateurs flingués*

Composé
par Tristram
à Auch
et achevé d'imprimer
par l'imprimerie Laballery
à Clamecy
en février 2024
pour le compte
des Éditions Tristram
39 boulevard Roquelaure
B.P. 90110
32002 – Auch cedex

ISBN 978-2-36719-099-0
Dépôt légal : décembre 2023
Numéro d'impression : 402031
Imprimé en France